角川選書ビギナーズ

感じる万葉集

雨はシクシクと降っていた

上野 誠

角川選書
1204

序文に代えて「序詩」を

万葉の雨は、「しくしく」と降る
「しくしく」「しくしく」と降る

今、私たちは「しくしく」と泣く
でも、でも、この言葉を辿《たど》ると
重なるという意味の動詞「しく」を
重ねた言葉なのだ——

「しくしく」波が寄せる
「しくしく」雨が降る
そして、「しくしく」と泣く

この本は、そういう言葉の感覚を大切にして――
『万葉集』を読む本。

＊　＊　＊

万葉びとは、風邪を引くと
鼻が「ビシビシ」と鳴った

「ビシビシ」は、今でいう
鼻が「ズルズル」だ

そうそう
酔っぱらいは「ヱラヱラ」
馬は「トド」

言葉の旅をしよう

万葉の言葉の旅をしよう
言霊《ことだま》の旅をしよう
今、言霊の旅をしよう
万葉の旅をしよう
今、万葉の旅をしよう

＊　＊　＊

「イキル」ということは、
息をすること
古典動詞の「イク」の連用形が「イキ」なのだ
息をすることは、生きるということ
残念なことに、われらが肉体は有限だが
死んでも言葉は残る
死んだとしても言葉は残る

言葉を伝える人がいれば言葉は残る、
言葉が残れば、読むことができる
読むことができれば、感じることができる
それは、それは、言葉の文化財——
古典は、言葉の文化財、財は宝

＊　＊　＊

見よ、見よ、見よ、この宝を見よ
見よ、見よ、この言葉の文化財を見よ

そういう思いで、この本は作られた

＊　＊　＊

雨は「しくしく」
鼻は「ビシビシ」
酔っぱらいは「ヱラヱラ」

今、言葉の旅がはじまる
今、言霊の旅がはじまる

目次

第二章　酔っぱらいはヱラヱラ

第三章　万葉の雨はシクシク降る

第四章　牽牛と織女にはメッセンジャーボーイが居た

第五章　幸せのサチ

イラスト　風間勇人
編集協力　佐藤美奈子

第一章　潮はコヲロコヲロ　鼻はビシビシ

潮はコヲロコヲロ

『古事記』は、日本における現存最古の書物で、八世紀初頭の人びとが考えていた、国の成り立ちについて記した書物です。

そのなかで、イザナキ・イザナミの二神による国生みの神話は、国土がどのように成り立ったかということを語る、重要な神話です。

高天《たかあま》の原《はら》の天御中主神《あめのみなかぬしのかみ》、高御産巣日神《たかみむすひのかみ》、神産巣日神《かみむすひのかみ》たちの命令を受けて、伊耶那岐《いざなき》命《みこと》と伊耶那美命《いざなみのみこと》の神が、高天の原から下ってきます。二柱《ふたはしら》の神には、命令が与えられていたのでした。

「この漂える国を固めなさい（是《こ》のただよへる国を修理〈をさ〉め固め成せ）」という命令です。そこで、「天《あめ》の沼《ぬ》矛《ほこ》」という矛をいただいて、その命令を果たそうとします。

イザナキノミコト・イザナミノミコトの二神は、天《あめ》の浮橋《うきはし》という天にある浮いた橋にお立ちになって、その天の沼矛を出して「シオ」（海水）を掻《か》き混ぜると、「コヲロコヲロに」という音が鳴って、矛を引き上げたときに、矛の先から塩水が落ち、塩水が塩となって、重なって島となった、と語られています。

これが、「おのごろ島《しま》」という島になります。「おのごろ島」がどこにあるかはわかりませんが、大阪湾のなかにある島と考えておけばよいでしょう。その島に下って、柱を建てて、その柱を立派な宮殿に見立てた、と記されているのです。

「シオコヲロコヲロ」とは、現在でいうと、水が鳴る「ゴロゴロ」に当たるかもしれません。あるいは「コロコロ」という音に聞こえていたのかもしれません。どちらにせよ、水を掻き回したときの音を、「コヲロコヲロ」と書き表しているわけです。

この神話で面白いのは、「シオコヲロコヲロに画き鳴して、引き上ぐる時に」落ちた塩でできた島が「おのごろ島」である、ということです。「コヲロコヲロ」に掻き回して、矛の先から落ちた塩でできた島が、「おのづから固まる」という意味の「おのごろ島」だと記されているのです。

私は、神話のなかに、音を写した「コヲロコヲロ」という言葉が使われていることに驚きました。大学二年生の時であったと思います。考えてみれば、水が鳴る音「ゴロゴロ」などを想起すればよかったのですが——。奈良県吉野郡天川《てんかわ》村に「ごろごろの岩清水」という水（通称「ごろごろ水《みず》」）があります。これは、水が湧く音だそうです。

神話とは、遠い昔のことを説明する語りなのですが、そこに使われている擬音語によって、私はその遠い時間が無くなってしまうような感覚をもちました。

この本は、遠い時間というものを、擬態語、擬声語、その他の言葉によって身近に感じてほしいと思って作った本です。

『古事記』のこの部分を読んだときから、私は水が鳴る「ゴロゴロ」という音を聞くと、この神話を思い出すようになりました。

古典を学ぶということは、古《いにしえ》に思いを馳《は》せるということにほかなりません。遠い昔のことが、まるで今、自分の目の前で起こっているように感じられたその瞬間、私たちは古典をほんとうに読んだことになるのではないでしょうか。

本書は、そういう経験を読者の皆さんと一緒にしてゆきたい、と思って作られた本なのです。

鼻はビシビシ

『万葉集』の巻五、八九二番に「貧窮問答歌《びんぐうもんだふ》」と呼ばれる山上憶良《やまのうえのおくら》の歌があります。問う者と、答える者からなる、貧しい人、今困っている人についての歌です。

山上憶良は、万葉時代を代表する知識人の一人で、有力な氏族出身ではありませんでしたが、遣唐使に選ばれ、その学識によって、時の皇太子である首皇子《おびとのみこ》、後の聖武《しょうむ》天皇の家庭教師ともなりました。

さらには、現在の県知事クラスまで登りつめた政治家でした。山上憶良は、子どもや貧しい人などに目を向けた最初の知識人ということになります。

そして、人生の苦悩というものを、歌った最初の歌人といわれます。苦悩というものはいかなる時代にも存在するものですが、それを歌にするかどうかは別問題で、そのようなことを歌のテーマにすることがなかった時代に、子ども、貧しさ、人生の苦悩を最初に歌にした人物だ、ということができます。

歌の出だしは、こうなっています。

風交《かぜま》じり
雨降《あめふ》る夜《よ》の
雨交《あめま》じり
雪降《ゆきふ》る夜《よ》は
すべもなく
寒《さむ》くしあれば

対句で侘《わび》しさを強調していますね。

対句とは、似た句を重ねることでリズムをつくりつつ、言葉を重ねる方法のことです。第二句の「の」は、同格の「の」で、風↓雨↓雪、と寒くなってゆく夜が演出されています。

風が吹けば寒い、雨が降ればなお寒い、雪が降ればさらに寒い、それも夜だとさらにさらに寒い、でしょう。

貧しい人、困っている人をもっとも苦しめるもの、それは寒さだと思います。寒い時にはどうしようもない、といっているのです。

ここから、貧しく困っている人の生活が描写されます。

堅塩《かたしほ》を
取《と》りつづしろひ
糟湯酒《かすゆざけ》
うちすすろひて
しはぶかひ
鼻《はな》びしびしに

生きてゆくなかで、命をつなぐために必要なものは、水と塩です。塩をちびりちびりと少しずつ食べて、体を温めるためにお酒を飲む。ただ、その酒は「糟湯酒」、つまり酒糟を湯で溶いた酒です。

本来ならば、いわゆる普通の、酒を飲みたいのでしょうが、貧しければ、酒粕《さけかす》をお湯に溶いて飲む以外の方法はとれません。その酒をすすって、ということです。

「しはぶかひ」とは、咳《せき》をすることです。「鼻びしびしに」とは、鼻水をすすることを表す擬声語です。

粗末な塩は、命を守るための最低限の食べ物。糟湯酒は暖をとるための飲み物。そうしたなかで、「鼻びしびしに」と寒さに震える様子が表現されているのです。

現在、「びしびしに」という擬声語は使われていません。今なら、鼻を「ずるずると」と表現すると思います。

然《しか》とあらぬ
ひげ掻《か》き撫《な》でて
我《あれ》を除《お》きて
人《ひと》はあらじと
誇《ほこ》ろへど
寒《さむ》くしあれば
麻衾《あさぶすま》
引《ひ》き被《かがふ》り
布肩衣《ぬのかたぎぬ》
有《あ》りのことごと

着襲《きそ》へども
寒《さむ》き夜《よ》すらを

この人はプライドがあるらしく、それほどもない髭《ひげ》を掻き撫でて、世の中に自分を除いて良い人材はあるまいと言うのです。奈良時代でも、髭を蓄えることは一つのお洒落《しゃれ》でした。

ところが火を焚《た》くこともできないので、麻の夜具を引きかぶって、袖《そで》なしの衣を着て、何とか寒さをしのいでいるのです。

袖なしの着物は、夏用の衣料だと考えられます。貧しく困っている人は、なんであろうが、とにかく持っている衣服のありったけを重ね着しなければならないわけです。

そんななかで、貧しい人の、寒い寒い冬の生活を叙述するにあたり、「しはぶかひ鼻びしびしに」と、山上憶良は表現しているのです。

ここで、全文を掲げ、新訳を示すことにしましょう。

貧窮問答の歌一首〔并せて短歌〕

風《かぜ》交《ま》じり　雨降《あめふ》る夜《よ》の
雨《あめ》交《ま》じり　雪降《ゆきふ》る夜《よ》は
すべもなく　寒《さむ》くしあれば
堅塩《かたしほ》を　取《と》りつづしろひ
糟湯酒《かすゆざけ》　うちすすろひて
しはぶかひ　鼻《はな》びしびしに
然《しか》とあらぬ　ひげ掻《か》き撫《な》でて
我《あれ》を除《お》きて　人《ひと》はあらじと
誇《ほこ》ろへど　寒《さむ》くしあれば
麻衾《あさぶすま》　引《ひ》き被《かがふ》り
布肩衣《ぬのかたぎぬ》　有《あ》りのことごと
着襲《きそ》へども　寒《さむ》き夜《よ》すらを
我《われ》よりも　貧《まづ》しき人《ひと》の
父母《ちちはは》は　飢《う》ゑ寒《こ》ゆらむ
妻子《めこ》どもは　乞《こ》ふ乞《こ》ふ泣《な》くらむ

風にまじって　雨が降る夜の
雨にまじって　雪が降る夜は
どうしようもなく　寒くあるので
堅塩つまみつまみ　嘗《な》めながら
糟湯酒を　啜《すす》って
咳こんで　鼻をずるずるとすすり
たいそうもない髭を　撫でて
俺さまをおいて　よき人材はないと
誇ってはみたけれど　寒々しいので
麻ぶとんを　引き被《かぶ》って
袖無し衣を　ありったけ
重ねて重ねて着ても　寒い夜であるのに
我より貧しき　人びとの
父母は　飢えて飢えて寒かろう
妻子たちは　ものをせがみにせがんで泣いて
いるだろう

この時《とき》は　いかにしつつか
汝《な》が世《よ》は渡《わた》る
天地《あめつち》は　広《ひろ》しと言《い》へど
我《あ》がためは　狭《さ》くやなりぬる
日月《ひつき》は　明《あか》しといへど
我《あ》がためは　照《て》りや給《たま》はぬ
人皆《ひとみな》か　我《あ》のみや然《しか》る

わくらばに　人《ひと》とはあるを
人並《ひとなみ》に　我《あれ》もなれるを
綿《わた》もなき　布肩衣《ぬのかたぎぬ》の
海松《みる》のごと　わわけ下《さ》がれる
かかふのみ　肩《かた》にうち掛《か》け
伏《ふ》せ廬《いほ》の　曲《ま》げ廬《いほ》の内《うち》に
直土《ひたつち》に　藁解《わらと》き敷《し》きて
父母《ちちはは》は　枕《まくら》の方《かた》に

かくなる時には　どのようにして
汝《なんじ》らは世を渡ってゆこうというのか
天地は　広い広いと言うけれど
我らには　狭いものとなってしまった
日月は　明るいというけれど
我らには　照っては下さらぬもの
人皆そうなのか　自分だけがこんなに不幸なのか
わけても　人として生まれてここにある身
人並に　私は五体満足であるが
綿も無い　袖無し衣の
海松のごとくに　破れ垂れ下がった
ぼろぎれだけを　肩にうち掛け
倒れそうな小屋の　かたちも崩れた小屋に
直土に　藁解き敷いて
父母は　枕の方に

妻子《めこ》どもは　足《あと》の方《かた》に
囲《かく》み居《ゐ》て　憂《うれ》へ吟《さまよ》ひ
かまどには　火気《ほけ》吹《ふ》き立《た》てず
甑《こしき》には　蜘蛛《くも》の巣《す》かきて
飯炊《いひかし》く　ことも忘《わす》れて
ぬえ鳥《どり》の　のどよひ居《を》るに
いとのきて　短《みじか》き物《もの》を
端切《はしき》ると　言《い》へるがごとく
しもと取《と》る　里長《さとをさ》が声《こゑ》は
寝屋処《ねやど》まで　来立《きた》ち呼《よ》ばひぬ
かくばかり　すべなきものか
世《よ》の中《なか》の道《みち》

妻子は　足の方に
取り囲み　憂いの声を上げながら
かまどには　火気が立つこともなく
こしきには　蜘蛛が巣を張って
飯を炊く　ことも忘れて
ぬえ鳥のごとくに　呻《うめ》きあっていると
よりにもよって　短い木の
さらにその端を切るという　諺《ことわざ》のごとくに
笞《しもと》を取る　里長の声は
寝室まで　やって来てはわめき立てる
こんなにも　すべがないものなのか
この人の世の道というものは

（巻五の八九二）

ベッドはヒシ

長く筑波大学で教鞭《きょうべん》をとられていた、伊藤博《はく》先生が、『万葉集』でもっとも面白い歌は、巻十三にある次の二つの歌だといっています。

中国文学にも、日本文学にも似たものが無く、嫉妬《しっと》の炎のような文学です。

こういう歌です。

さし焼かむ
小屋《をや》の醜屋《しこや》に
かき棄《す》てむ
破《や》れ薦《ごも》を敷《し》きて
打ち折らむ
醜《しこ》の醜手《しこて》を

焼き払ってしまいたい
ちっぽけなおんぼろ小屋に
捨てさってやりたい
破れた薦《こも》を敷いて
へし折ってやりたい
（あの女の）汚らしい不《ぶ》恰好《かっこう》な手を

さし交《か》へて
寝《ぬ》らむ君故《ゆゑ》
あかねさす
昼はしみらに
ぬばたまの
夜はすがらに
この床《とこ》の
ひしと鳴るまで
嘆《なげ》きつるかも

手と手を交わしあって……
共寝をしているだろう　あなたのことを思うゆえに――
あかねさす
昼はひねもす
ぬばたまの
夜は夜もすがら
この床が
ひしひしと鳴るまでに
私は悶《もだ》え！　嘆いてしまう

反歌

我《あ》が心
焼くも我なり
はしきやし
君に恋ふるも
我《わ》が心から

私の心
それを焼き尽くすのも私の心から
あぁーどうしようもなく
憎いアンチクショウを恋しく思ってしまうのも……
おんなじ私の心から――

（巻十三の三二七〇、三二七一）

浮気をしている相手の女の家を、焼き去ってしまいたい。その家は小さな「醜屋」、つまりおんぼろ小屋だと言っています。その小屋に敷かれている薦ですが、妻訪《つまど》い婚（妻問い婚とも）では夫がやって来る日には、美しい薦を敷いて夫をもてなす、ということがありました。

しかも、その薦は男女が共寝をする薦ということになります。それがこの歌では、破れた薦を敷いて、ということです。

「打ち折らむ　醜の醜手を」は、醜い手をへし折ってやりたい、といっています。「醜の醜手」という言い方は、「醜」という言葉を重ねていて、醜い、醜い手、ということです。その手を差し交わしあって寝ているあなただから、と。

「あかねさす」は、「昼」にかかる枕詞《まくらことば》です。「ぬばたまの」は、「夜」にかかる枕詞ですから、昼のあいだじゅう、夜のあいだじゅう、ということです。

「ひし」は擬声語で、ものが軋《きし》む音になります。古代では、ベッドも使われていました。正倉院宝物のなかに、聖武天皇と光明《こうみよう》皇后がお使いになった御床《ごしよう》というベッドがあります。いわゆるツインベッドなのですが、ベッドカバーは一つですので、ツインベッドを二つくっつけて共寝がなされた可能性があります。ベッドの上で動けば「ヒシ」という音が鳴った、というのです。

浮気をしている夫と、相手女性との共寝を想像し、そのベッドの「ひし」という音を想像して、ため息をつく。そういう、嫉妬の権化になってしまった人物の歌ということになります。

ところが、その「反歌」では、我が心を焼くのも私である、愛《いと》おしい君を恋しく思うのも私の心からである、と表現されています。

つまり「反歌」は、嫉妬に心を乱す自分を見つめる、もう一人の自分の視点から歌われているのです。人と喧嘩《けんか》をしたときに、喧嘩をしている最中には相手を憎むことしか考えませんが、しばらくすると「どうしてあんな言葉を投げかけてしまったんだろう」というように反省することがあります。それは、心の中にもう一人の自分が生まれた瞬間だと思います。

万葉歌には、ベッドが軋む「ひし」という音を詠んだ歌もあるのです。

コラム　枕詞《まくらことば》

「枕詞」は、言葉の飾りであり、修辞であるということで、歌のなかでその意味を考慮しないという考え方もあります。しかし、私はその考え方を採りません。枕詞によって一つのイメージが加えられると考えています。

この本では、枕詞をそのまま訳文のなかに落とし込んで、訳を作っています。ほかの『万葉集』の本とは違って見えると思いますが、こういう訳し方もあるのです。

心静かはユタニ

（巻七の一三五二）

『万葉集』巻七に、次の歌があります。

我《あ》が心《こころ》
ゆたにたゆたに
浮《う》き蓴《ぬなは》
辺《へ》にも沖《おき》にも
寄《よ》りかつましじ

我が心は
ゆらゆらゆらゆら
漂うばかりの浮き蓴……
岸にも沖にも
寄ることもできず――

吾情　湯谷絶谷　浮蓴　辺毛奥毛　依勝益士

副詞「ゆたに」は、ゆったりと、のんびりと、という意味です。「たゆたに」には、漂う、という意味があります。「ゆたにたゆたに」というのは、ある時は落ち着いて静かでゆったりとしているが、ある時は漂っている、ということです。「ゆたにたゆたに」という言い方は、熟した表現であったと考えられ、じつに調子のよい句です。つまり、激しく流れるのではないが、ゆらゆらと揺らめくさま、のことです。止まったかと思えば動き出す、動き出したかと思えばまた止まる。右に揺らいだかなあ、と思えば左に揺らぐ。それが「ゆたにたゆたに」です。

「浮き蓴」は、ジュンサイのことです。湖や沼に生えるスイレン科の多年草で、若芽は、食用になります。

「かつ」は、可能の意を添える補助動詞。助動詞「ましじ」は打消し推量。私の心は、揺らめくばかりで、岸にも沖にも寄り着くことはできないでしょう、というのです。ここには恋の寓意《ぐうい》があって、進むか引くか、決めかねている心の揺らぎを、浮き蓴の揺らぎに喩《たと》えている、ということです。「我が心」が主語なのか、「浮き蓴」が主語なのか、心の揺らぎと、歌の主語の揺らぎを重ね合せているところに、遊び心もあります。

形容動詞「ゆたかなり」、形容詞「ゆたけし」などのように、「ゆた」と言った場合には、ゆったり、ゆっくりというイメージがあり、形容詞や形容動詞として使われていました。

もうひとつ、「ゆた」の例を挙げておきましょう。

海原《うなはら》の
路《みち》に乗《の》りてや
我《あ》が恋《こ》ひ居《を》らむ
大船《おほぶね》の
ゆたにあるらむ
人《ひと》の児《こ》故《ゆゑ》に

海原の
路の上にあるように
あせることなく恋をしてゆこう――
大船のように
ゆったりとした
性格の娘なんだから……

（巻十一の二三六七）

海原乃　路尓乗哉　吾恋居　大舟之　由多尓将有　人児由恵尓

「路」とは、A地点とB地点を結ぶ線のことです。その線を辿ってゆけば、AからB

地点への移動も可能になります。この状況を、「路に乗る」といっているのです。

「船に乗る」「馬に乗る」とは、異なる使い方です。

副詞「ゆたに」は、ゆったりと、という意味になります。「大船の」は、枕詞ですが、大船のように、ゆったりとしているのだろう、というのです。

大海原の路に乗った気分で恋をしておりましょう。その理由は、大船のようにゆったりとしているあの娘との恋なのだから、というのです。好きになった相手は、のんびりとした性格の娘なのだから、自分の方が焦ってはならない、と自分で自分のことを戒めている歌ということになります。

ゆったりした女性を愛した歌、ということになりますね。

揺らぎはタユラニ

一方で、形容動詞「たゆたなり」、形容詞「たゆたし」などは、漂ってゆくことです。この二つの語を重ねた「ゆたにたゆたに」は、寄る辺なく揺れ動く様子をあらわした表現となります。

いま、私たちは、ほんとうに豊かな時間を過ごしているのでしょうか。「たゆたう」ように漂流しているのでしょうか。考えてみたいことです。

筑波嶺《つくばね》の
岩が鳴り響く鳴り響く……　そのように激しく激しく
落ちる水
そんな揺らぐ心を
わたしは持っていません――

筑波嶺《つくはね》の
岩《いは》もとどろに
落つる水
よにもたゆらに
我《わ》が思《も》はなくに

（巻十四の三三九二）

筑波祢乃　伊波毛等杼呂尓　於都流美豆　代尓毛多由良尓　和我毛波奈久尓

激しい恋をするというのはいいのですが、別の人にもまた激しい恋をしてしまうのではないかという疑いを持たれることもあるでしょう。この人物は、「わたしはそんな軽はずみな気持ちではないよ。激しい気持ちではあるけれども、あなたへの気持ちは揺らぐことはありません」と、言っているのです。

つまり、誠実な交際を続けますよ、という誓いの歌ということができるでしょう。つきあい始める前、ないしはつきあい始めて間もない頃の歌だと考えられます。

笑顔はニフブ

巻十六に、次の歌があります。

かるうすは
田蘆《たぶせ》の本《もと》に
我が背子は
にふぶに笑みて
立ちませり見ゆ（田蘆はたぶせの反《かへ》し）

カラウスは
田伏《たぶせ》のもとにあり……
私の良い人は
ニコニコニッコリと笑って
お立ちになっているのが見える――
（巻十六の三八一七）

可流羽須波　田蘆乃毛等尓　吾兄子者　二布夫尓咲而　立麻為所見　田蘆者多夫世反

「かるうす」はカラウスのことだと言われています。「田蘆」というのは田んぼの横に作られた小さな小屋のことで、農繁期にはここで生活することになります。ことに秋になると、稲刈り前の田んぼをイノシシやシカが狙うので、田伏でこれらの動物を狙い撃ちにする、ということがありました。

寒いなか、稲刈りまでの時間を田伏で過ごすわけですが、収穫が終わればいよいよ新米が食べられるわけです。新米を食べるためには、臼《うす》で搗《つ》く必要があります。「かるうす」が田伏のもとにあるということは、秋の収穫が終わり、いよいよ「かるうす」で稲を搗いて新米を食べるばかりの時期ということになります。

おそらく、その田伏で暮らしていただろう「我が背子」、つまり自分の夫は「にふぶに」笑って、そこに立っているのが見える、という意味になります。つまり「にふぶ」というのは、「笑う」ことの形容だと考えていいのです。

現在、「笑う」の形容には、「にっこり」を使いますので、私は「ニコニコニッコリと」と訳しておきました。

この歌はどのような場面を歌っているのでしょうか。一年間、苦労に苦労を重ねて育てた稲が、ようやく収穫の時を迎えている。ついに収穫が終わり、唐臼《からうす》で搗いて食べるばかり。

自分の夫はといえば、そこにニッコリとして立っている、というわけです。お楽しみはこれからだ。苦労もしたが、今日は良い時を迎えた、ということを表しています。しかも、「我が背子」というのですから、妻が歌っていることになります。

収穫が終わり、夫との離れ離れの生活も最後の日を迎え、収穫直後の稲があるので、それを食べることができる。夫はニコニコと笑って立っている。つまり、良いこと尽くしの歌ということになります。

古代社会では、田んぼが住居の近くに必ずあるわけではありませんでした。遠くに田んぼを持っている場合には、耕作地の横に仮小屋を建てて、そこに住んで農作業をするしかありませんでした。そういう生活が、この歌の背景にはあるのです。

「にふぶに笑む」とは、ニコニコニッコリと微笑むことだと言えるでしょう。

「マタビ」とは何か

『万葉集』に、「マタビ」という言葉があります。旅のなかでも本格的なものを指します。

旅とへど
真旅《またび》になりぬ
家の妹《も》が
着せし衣に
垢《あか》つきにかり

旅といっても
本格的な旅になってきたなぁー、
家の妻が
着せてくれた衣に
垢《あか》がついてしまった

（巻二十の四三八八）

衣に垢がつくほどの距離や時間が、「マタビ」の条件となります。

これに対して、自らが耕作している「田」に、田植えや、稲刈りのために赴くことについても、万葉びとは「旅」と呼んでいます。こちらは、万葉びとの小さな旅といえるでしょう。

平城京に務める律令官人も、実はこういった自らの耕作地への旅をしていました。「假寧令《けにょうりょう》」には、京内の役人が毎年、五月と八月に十五日間ずつの農繁休みを取ることを保証する条項があります。

つまり、田植えの時期と収穫期には、自らの耕作地に下向するための休暇が与えられていたのです。

この期間は、平城京の役人が「田園に帰る」のです。それも、また万葉びとの旅でした。

鶴が音の
聞こゆる田居に廬《いほり》して
我旅なりと
妹に告げこそ

鶴の鳴声が
聞こえる田に小屋を建てて
旅寝をしていると
恋人には伝えておいておくれ

（巻十の二二四九）

これは、いわば嘆き節です。

恋人と逢《あ》えないのは、収穫期には耕作地に下向しているからです。とくに山間の田圃《たんぼ》では、耕作地に隣接して小屋を建てて、そこに起居することもあったようです。

稲の収穫が終わると、壊していたようです。

露や時雨、そして霜に耐えるわびしい生活を嘆く歌が、万葉集の巻十に多く収載されています。けれども、寒さにましてつらいのは、家族や恋人との別れであったようです。

貴族ともなれば、自らの農園を経営しているから、そこには長期の滞在を可能にする宿泊施設「庄」（＝タドコロ）を備えている場合もありました。

大伴《おおとも》氏の場合、奈良盆地の南部に「庄」を持っていました。竹田（橿原《かしはら》市東竹田町付近）と、跡見《とみ》（桜井市外山《とび》付近）です。この地こそ、大伴家にとっては、父祖伝来のわが故郷でした。

比較して、平城京には役人に対して支給された「邸宅」が存在していました。歴史学者が早くに注目したように、万葉貴族は「宅」と「庄」の二重生活者だったのです。大伴氏の人びとも、農繁期にはこの地に下向したのでした。

時は、天平《てんぴょう》十一年（七三九）の秋。まだ、若い家持《やかもち》に代わって、一族の切り盛りをしていた大伴坂上郎女《おおとものさかのうえのいらつめ》も、例外ではなく、彼女は、十八歳の娘・大嬢《おおいらつめ》を残して、跡見に下向したのでした。

十八歳とはいえ、娘が「宅」の切り盛りをちゃんとしてくれるか、不安であったに違いありません。案の定、娘から書簡が届いたようです。それに、答える母の歌。

［長歌省略］

朝髪の
思ひ乱れて
かくばかり
なねが恋ふれそ
夢に見えける

（巻四の七二四）

朝髪の
思いは乱れて……
かくばかり
お前さんが恋しがるからこそ
夢に見たんだね——

古代においては、相手が強く自分のことを思うと、自らの夢に出るという俗信が存在していました。だから、母は娘に諭すように歌ったのです。

「おまえさんが、そんなに思うから、夢に見ましたよ」と。

大嬢は、「庄」に下向している母に歌を送り、母が答えたのでした。残念なことに、「宅」の娘から「庄」の母に贈られた歌は、伝わりません。しかし、その内容は、容易に推定できます。

「かくばかり」とは、「そんなにも」という意味です。たぶん母を恋しがる甘ったれた歌が届いたのでしょう。長歌には、「庄」に下向する母を見送る娘・大嬢の姿が描かれていますが、あの世に私が行くかのようにもの悲しくあなたは門にたたずんでいたと、母は歌っています。

そんなに、寂しがらないでおくれ、そんなに寂しがると仕事にならないよ……という母・大伴坂上郎女の嘆きが聞こえてきそうな長歌ですね。この故郷への旅は、母と娘の絆《きずな》を確認する旅になったに違いありません。

第二章　酔っぱらいはヱラヱラ

酔っぱらいはヱラヱラ

『万葉集』巻十九に、大伴家持の、宴について歌った歌があります。この歌は、天皇の命令に答えるためにあらかじめ作っておいた歌です。

詔《みことのり》に応《こた》へむために
儲《ま》けて作る歌一首
併《あわ》せて短歌

あしひきの
八《や》つ峰《を》の上《うへ》の
つがの木の
いや継《つ》ぎ継ぎに
松が根の

天皇の詔にお応えするために、
あらかじめ作っておいた
歌一首と短歌

あしひきの
峰々の上の
つがの木では　ないけれど
つぎつぎに続いて
松の根が

絶ゆることなく
あをによし
奈良《なら》の都に
万代《よろづよ》に
国知らさむと
やすみしし
我《わ》が大君《おほきみ》の
神《かむ》ながら
思《おも》ほしめして
豊《とよ》の宴《あかり》
見《め》す今日《けふ》の日は
もののふの
八十伴《やそとも》の緒《を》の
島山に
赤《あか》る橘《たちばな》
うずに刺《さ》し

絶えることがないように
あをによし
奈良の都で
いつまでもいつまでも
国を治めようと
やすみしし
わが大君《おおきみ》が
神の御心《みこころ》のままに
お思いになって
宴を
なさる今日《きょう》は
たくさんの
役人たちが
庭に
赤く赤く　照り輝く橘《たちばな》を
髪飾りとして挿し

紐《ひも》解《と》き放《さ》けて
千《ち》年《とせ》寿《ほ》き
寿きとよもし
ゑらゑらに
仕《つか》へ奉《まつ》るを
見るが貴《たふと》き

衣の紐《ひも》を解《と》いてくつろぎ
千年の
時をことほいで
わいわい騒いで
お仕えするさまを
見るとうとさよ

（巻十九の四二六六）

為応詔儲作歌一首　并短歌

安之比奇能　八峯能宇倍能　都我能木能　伊也継〻尓　松根能　絶事奈久　青丹余志　奈良能京師尓　万代尓　国所知等　安美知之　吾大皇乃　神奈我良　於母保之売志弖　豊宴見為今日者　毛能乃布能　八十伴雄能　嶋山尓　安可流橘　宇受尓指　紐解放而　千年保伎　保吉等余毛之　恵良恵良尓　仕奉乎　見之貴者

反歌一首

天皇《すめろき》の　—天皇の

御代《みよ》万代《よろづよ》に
かくしこそ
見《め》し明《あき》らめめ
立つ年のはに
　右の二首、大伴宿禰家持《おほとものすくねやかもち》
作る。

御代《みよ》が永遠なれと……
このように
ご覧になって　宴《うたげ》を催して御心をお晴しください
年が改るたびに――
（右の二首は、大伴宿禰家持が作ったものである。）
（巻十九の四二六七）

須売呂伎能　御代万代尓　如是許曾　見為安伎良目米　立年之葉尓
右二首、大伴宿祢家持作之

「豊《とよ》の宴《あかり》」という言葉が出てきますが、これは宴会のことです。天皇陛下の「豊の宴」、つまり天皇陛下が催す宴会には、たくさんの役人たちが庭に集って、赤い橘を髪飾りとして挿して、そして衣の紐を解いてリラックスして、このような素晴らしい時代が千年も続きますようにといって、「ゑらゑらに　仕へ奉る」と出てきます。

「ゑらゑらに」は、お酒を飲んで機嫌がよくなって笑っている様子をいう擬態語です。大いに盛り上がっている、ということになります。その「ゑらゑらに」お仕え申し上げるさまを拝するのがめでたい、というのです。

みずからもリラックスして美味《おい》しいお酒をいただき、その時間を楽しく過ごすのも、役人の大切な仕事の一つでした。したがって、宴に奉仕するといっても、ここでは楽しくしていることも、大切な仕事なのです。

そのときには、大いに「ワイワイと」騒がなくてはいけないのです。したがって、酔っぱらって騒ぐということも、大切な仕事になります。酔っぱらいは「ヱラヱラ」と、騒ぐものなのです。

馬はトドと歩む

巻十一に、次の歌があります。

馬の音《おと》の
とどともすれば
松陰《まつかげ》に
出《い》でてそ見つる
けだし君かと

馬の音が
トドと響くので
松蔭に
出てみました……
たぶんたぶんあなたではないかと思って
(巻十一の二六五三)

馬音之　跡杼登毛為者　松陰尓　出曾見鶴　若君香跡

馬の足音が「トド」としたので、出て行って、松の蔭に隠れて見た。「たぶん、あなたではないかと思って」ということです。馬の足音のことを「トド」と表しています。

実際に、馬の足音を聞いた人がいればわかると思いますが、けっこう大きな音がします。さらに、馬の鼻息などが聞こえてきたりすることもあるでしょう。馬に乗って恋人がやって来るというのは、相手がたいへんな高位者であり、貴族と考えて良いと思います。

さらに、東歌《あずまうた》には、次のような表現があります。

東歌とは、東国地方の歌という意味です。一部方言が含まれていることから、東国の人々の声を伝える歌だと考えられています。ただしこれが、創作歌か民謡かについては、議論があるところです。

歌は、次の通りです。

奥山の　　　　　　奥山の
真木《まき》の板戸を　　真木づくりの板戸を……
とどとして　　　　トドと叩《たた》いて

我《わ》が開《ひら》かむに　――わたしがその戸を開けたなら
入《い》り来《き》て寝《ね》さね　――入って来て寝てくださいね――

（巻十四の三四六七）

於久夜麻能　真木乃伊多度乎　等杼登之弖　和我比良可武尓　伊利伎弖奈左祢

恋人を待っている女が、「戸を『とど』と叩いてくださいね、私、開けますから。入って来たら、共寝をしましょう」と言っている歌です。戸を叩く音も「とど」というわけです。

そうすると、現代の私たちが使っている言葉に「とどろく（轟く）」という動詞がありますが、これには大きな音を立てる、という意味がありますので、もともと擬声語の「とど」から来ていると推定できます。大きな音は、「とど」と表現したわけです。例えば、板戸を叩く音や、馬の足音が、「とど」ということになります。

歴史学のほうでは、トドロキという音を持つ地名があった場所は、かつて牧《まき》、すなわち古代の牧場のこと。つまり、そこで馬の飼育が行われていた地である、という推定がなされています。馬は、歩めば「トド」と音を立てるわけですから、そういう馬の発する「トド」という音が、地名になったものと考えられるのです。

酔っぱらいは「ヱラヱラ」と酒を飲み、馬は「トド」と足音を響かせる、ということになりますね。

コラム　トドロキ

東京都世田谷区《せたがや》には等々力《とどろき》という地名があります。また神奈川県川崎市中原区にも等々力という地名があります。そのほかにも、秋田県由利本荘《ゆりほんじょう》市二十六木《とどろき》、山形県東田川郡庄内町《しょうないまち》廿六木《とどろき》、などがあります。このような地は、歴史を辿ってゆくと、牧があった地だと言われています。

牧があるということは、馬の飼育がおこなわれていたわけで、地域の人びとは、そのことを自慢に思っていたのでしょう。そういう気持ちから、かの土地を、馬の発する音に合わせて、「トドロキ」と呼ぶようになっていったのだと思います。

コラム　『万葉集』における「東国」とは？

『万葉集』の東歌《あずまうた》の範囲は、東海道では「遠江国《とおとうみのくに》」以東を、東山道では「信濃国《しなののくに》」以東を指しています。

遠江　駿河《するが》　伊豆　相模《さがみ》　武蔵《むさし》　上総《かずさ》　下総《しもふさ》　常陸《ひたち》　［東海道］
信濃　上野《こうずけ》　下野《しもつけ》　陸奥《むつ》　［東山道］

ここに掲げた十二か国の歌々が、『万葉集』には収められています。したがって、これらが、『万葉集』の東歌の範囲ということになります。

ただし、「東国」という言葉の使い方は、一様ではありません。

1. 東海道と東山道の国々全体をいう場合（広義）
2. 鈴鹿《すずか》・不破《ふわ》の関以東をいう場合（広義）
3. 足柄《あしがら》峠・碓氷《うすい》峠以東をいう場合（狭義）

これらのケースを「東国」と称する場合もあるからです。1は、律令国家の国郡里制を踏まえた認識です。2は、同じく律令国家の関を境とする認識に基づくものです。それに対して3は、旅の難所を強く意識した考え方で、徒歩の旅の実感に基づくものと言えるでしょう。

ホトトギスの鳴き声はトキスギニケリ

同じく『万葉集』巻十四に、次の歌があります。

信濃なる
須我《すが》の荒野《あらの》に
ほととぎす
鳴く声《こゑ》聞けば
時《とき》過ぎにけり

信濃にある
菅の原の
ほととぎすの
鳴く声を聞くと……
かの時節がやって来たらしいぞ――

（巻十四の三三五二）

信濃奈流　須我能安良野尓　保登等芸須　奈久許恵伎気婆　登伎須疑尓家里

「信濃なる」の「なる」は、断定の助動詞「なり」です。ですから、信濃にある須我という地の荒野に、ホトトギスが鳴く声を聞くと、「ああ、時が過ぎたなあ（と思う）」という意味になります。

この「時が過ぎた」とはどんな時が過ぎたのか、についてはさまざまな説があります。人と会う約束をしていた時が過ぎてしまった、と説明されることもありますし、ホトトギスがやって来て農作業が始まるということで、「農作業をすべき時間がやって来たよ」という意味だ、という説もあります。あるいは、京都に帰るべき時が過ぎてしまったとか、夫の帰ってくるべき時間が過ぎてしまった等々です（山口仲美「奈良時代の擬音語・擬態語」『明治大学国際日本学研究』第四巻第一号、明治大学国際日本学部、二〇一二年）。

これらに対して、後藤利雄《ごとうとしお》という学者による、「時過ぎにけり」とは、ホトトギスの鳴き声の聞きなしである、という説があります（後藤利雄著『東歌難歌考』桜楓社、一九七五年）。つまり、ホトトギスの声を「時過ぎにけり（トキスギニケリ）」と聞きなしたというのです。

「天辺翔けたか（テッペンカケタカ）」「東京特許許可局（トウキヨウトツキヨキヨカキヨク）」などという聞きなしもありますが、古代には、ホトトギスの声を「トキスギニケリ」と聞いたことがあるのではないか、というのです。

「ホトトギス」という鳥の名称そのものも、「トキスギニケリ」という音に聞こえる、その鳴き声から採ったものではないか、という説があるほどです。

ニワトリは「コケコッコー」、犬は「ワンワン」、猫は「ニャーニャー」……。聞きなしはそうと決まっているのですが、歴史的に見ると変遷もあるわけです。ホトトギスの声を「トキスギニケリ」と聞きなしたこともあったようなのです。

ところが、ホトトギスの声の聞きなしには別のものもあったようです。次に、「カクコフ」と聞きなした例も紹介しましょう。

ホトトギスの鳴く声はカクコフ

ホトトギスと言えば、夏を代表する鳥なのですが、実は難しい問題があります。それは、ホトトギスが現在私たちが呼んでいるホトトギスと同じ鳥であるかどうか、について専門家の間でも、さまざま議論が交わされているからです。

ホトトギスとはカッコウであった、という説があります。『万葉集』に出てくるホトトギスは、カッコウであった、という説です。

万葉びとが、ホトトギスという大和《やまと》言葉を、どのように書き表すかというと、その中に「郭公」という文字もあります。

このことに関係して、面白い歌があります。『万葉集』巻八の次の歌です。

大伴坂上郎女の歌一首

暇《いとま》なみ　暇がないので

来《き》まさぬ君《きみ》に
ほととぎす
我《あれ》かく恋《こ》ふと
行《ゆ》きて告《つ》げこそ

お見えにならなかった君に……
ほととぎすさんよ
わたしがこんなにもこんなにも恋しがっていると
行って告げておくれよ――

（巻八の一四九八）

大伴坂上郎女歌一首

無暇　不来之君尓　霍公鳥　吾如此恋常　往而告社

大伴坂上郎女という人は、大伴氏を取り仕切る立場にあった女性で、その人の歌です。「暇《いとま》なみ」とは、暇が「ないので」（形容詞「なし」のミ語法）、という意味です。そして「ほととぎすさんよ」と呼び掛けています。私が、こんなにも恋い慕っていると、行って告げてきてほしい、というのです。

原文に「霍公鳥」とあるように、ほととぎすの声を「カッコウ」という音で聞く、聞きなしも存在していたと考えられます。「かく恋ふ」の「かく」は、「このように」という意味です。

つまり「わたしがこのように恋しがっている」と行って告げてくださいよ、ということから、ホトトギスが「カッコウ」と鳴くので「カクコフ（かく恋ふ）」と聞こえるのだ、と聞きなしていたことがこの歌によってもわかるのです（近藤信義「〈音〉喩の構造―古代和歌の修辞法の基礎―」『古代文学』第三十一号、古代文学会、一九九二年）。『万葉集』のホトトギスとはカッコウのことである、という説をあながち否定できないのは、こういう説明があるからです。

この歌は、ホトトギスに、恋のメッセンジャーになってほしいという茶目っ気のある内容です。呼び掛けている相手が誰かわからなくても、特定の相手がいることを思わせるので、恋歌になります。

これがフィクションであるかどうかはわかりませんが、「我《あれ》かく恋《こ》ふ」がホトトギスの声の聞きなしになっているのは、間違いありません。

聞きなしとは、一つの音声を、言葉の内容に当てはめることです。例えばホトトギスの鳴き声の場合は、先述のように「天辺翔けたか」や「東京特許許可局」などと聞こえる。同じ音でもどういうふうに聞きなすのか、ということがあります。

よく言われるのは、犬の鳴き声が、英語圏では「バウバウ」で、日本語圏では「ワンワン」となる、というものです。

それは、使っている言語の体系によって、どういう音に落とし込み、それが社会にどのように広がっているか、ということに由来します。したがって、たんに音のみが聞きなしに関係しているのではありません。ある社会ではどういう音に聞こえるか、ということになるわけです。

枝をたわませるのはトヲヲ

巻八に、大伴宿禰像見《おおとものすくねかたみ》という人の歌が収められています。

大伴像見は、大伴氏のなかで重きを成した人物の一人ですが、どのような人物なのかについてはよくわかっていません。歌は次の通りです。

大伴宿禰像見《かたみ》の歌一首

秋萩《あきはぎ》の
枝《えだ》もとををに
置《お》く露《つゆ》の
消《け》なば消《け》ぬとも
色《いろ》に出《い》でめやも

——

秋萩の
枝をたわませて
付いている露が……
消えるならば消えたとしても
私は自分の恋心を顔色に出したりはしません——

（巻八の一五九五）

大伴宿祢像見歌一首

秋芽子乃　枝毛十尾二　降露乃　消者雖消　色出目八方

枝も「とををに」という言葉があります。「とをを」というのは、花や実、露などがたくさん付いて、枝がたわんでいる様子を表します。今で言うと、「たわわ」に近いかもしれません。

「消なば消ぬとも」とは、消えてしまうのならば、消えたとしても、という意味です。たとえ命が露のようになくなろうとも、という意を含んでいることになります。「色に出でめやも」は、反語表現です。色に出すことがあろうか、いや出すことはない、となります。色に出すというのは、顔色に感情が出てしまうことです。

何らかの、のっぴきならない理由があって、絶対にこの恋は他人に悟られてはならないと歌っています。典型的な相聞歌です。

さらに、巻十には、次の歌があります。

春《はる》されば　――春になると

しだり柳《やなぎ》の
とををにも
妹《いも》は心《こころ》に
乗《の》りにけるかも

しだれ柳が
たわむように……
妹のことで
心がいっぱいになってきた――

（巻十の一八九六）

春去　為垂柳　十緒　妹心　乗在鴨

先に述べたように、「とををに」とは、たわわに、という意味です。春がやって来て、しだれ柳がしなうように、ということになります。

「妹は心に　乗りにけるかも」ですが、「心に乗る」という表現は、心に覆いかぶさる、さらに重みを感ずる、という意味になりますので、心のなかで（誰かを）思うウエイトが大きくなる、ということになります。

「に」は、完了の助動詞。「ける」は、いわゆる気づきの助動詞「けり」。終助詞「かも」は、詠嘆の意味です。

つまり、妹のことで心がいっぱいになってしまったなぁ、と実感した瞬間を表現しています。

人を好きになって、その人のことしか考えられなくなってしまう状況のことを、「心に乗る」と言うわけです。万葉時代、「妹」は恋人、すなわち男性が女性の恋人に対して用いる言葉ですので、妹が心に乗ってしまったなあ、ということになります。そういうときに、「とををに」という言葉を使うわけです。

春になると、柳が芽吹き、葉がすくすくと伸びてゆきます。重くなった枝は、徐々にたわんでいきます。しだれ柳がそうやってたわむように、私は妹のことが気になって仕方がない。そう歌っています。

詩というものは、形が無いものに形を与える役割を持っています。例えば「好きだ」という気持ちがあるときに、「大好きだ」とも言えるでしょうし、「この世でいちばん好きだ」とも言えるでしょう。いろいろな言い方で、気持ちを表します。

そのなかに、「恋人のことを重く重く受け止めて、わたしの心は、春になってたわんでいるしだれ柳のようです」という言い方もあったわけです。

この詩では、しだれ柳がたわんでいるのを見て、自分の心と同じだと思ったのでしょう。

笹の葉はサヤニにさやぐ

巻二の一三三番歌は、柿本人麻呂が、石見国《いわみのくに》から妻と別れて上京して帰って来る時の歌二首の第一作品における第二反歌となります。この歌は、石見国に赴任していた柿本人麻呂が、石見国の妻と別れて来るときの、悲しみを歌った歌です。

長歌では、二人の仲の良い生活が石見の海の描写とともに歌われ、そしてついに別れが近づいてきたときの悲しみが歌われます。恋人が、私のほうを見ている。私はもう、この山を越えて旅立って行かなければならない。そんなときに「この山よ、靡《なび》いてほしい」というのです。

その歌の第二反歌には、こうあります。

笹《ささ》の葉《は》は　み山《やま》もさやに
――笹の葉は　み山もざわざわと

さやげども
我《あれ》は妹思《いもおも》ふ
別《わか》れ来《き》ぬれば

音を響かせて騒ぎたててはいるけれど……
私の心は乱れたりなどしない　妻のことを思って
別れて来たので（心は妻のことを一途に思えば　私は山の音に心を乱されたりはしないのだ）

（巻二の一三三）

小竹之葉者　三山毛清尓　乱友　吾者妹思　別来礼婆

「み山」の「み」は接頭語で、山を尊んでいますが、山深さや山らしさがなくては、「み」を冠することはないと思います。

「さやに」は、鮮やかにという意味ですが、笹の葉の音が際立って聞こえる、ということだと思います。したがって、「さやに」とは、笹の葉がこすれて鳴る音が、そのもとにあると考えられます。

笹の葉は騒いだとしても、心が妹から離れることはない。私は妹と別れてきたので、と、一心に妹を思いながら旅を続ける心情がここに歌われているのです。

激しい心の動揺があり、ついに別れの日を迎え、そして旅立つ。山の中に入って聞こえてくるのは、笹の葉のさやぎの音ばかり。そのさやぎの音を聞いても、私の心に揺らぎは起こらない。私はそれほど妹のことを愛しているのだ、という歌になります。

笹の葉のさやぎが歌われている歌、そこに自分の心情を重ね合わせた、人麻呂の相聞歌です。

第三章　万葉の雨はシクシク降る

雨はシクシク

巻八に、次の歌があります。

河辺《かはへの》朝臣《あそみ》東人《あづまひと》の歌一首

春雨《はるさめ》の
しくしく降《ふ》るに
高円《たかまと》の
山《やま》の桜《さくら》は
いかにかあるらむ

春雨が
しきりにしきりに降っているこの今……
高円の
山の桜は
いったいいったいどうなっていることだろう――

（巻八の一四四〇）

河辺朝臣東人歌一首

春雨乃　敷布零尓　高円　山能桜者　何如有良武

河辺東人については、どのような人物なのかよくわかりませんが、山上憶良《やまのうえのおくら》や藤原八束《ふじわらのやつか》と交流のあった天平時代の人物であると考えられています。

「春雨の　しくしく降るに」ですが、副詞「しくしく」は、重なるという意味の動詞「しく」を二つ重ねたものです。「しくしく」は、物が重なりあってゆくさまをいい、時間でいえば、しきりにとか、絶え間もなく、という意味となります。

「高円」は、奈良県奈良市にある高円山《たかまとやま》とその周辺のことになります。助動詞「らむ」は、現在推量なので、遠くから高円山の桜に思いを馳せている、ということになります。

春雨が「しくしく」降るというのは、重ねて重ねて降る、ということです。つまり、絶え間なく降る、という意味になります。雨が「しくしく」降る、という言い方が、奈良時代にはあったのです。

それだけではありません。「しくしく」という表現は、このような使い方もなされます。巻四の、次の歌を見てみましょう。

春日野《かすがの》に
朝居《あさゐ》る雲《くも》の
しくしくに
我《あ》は恋増《こひま》さる
月《つき》に日《ひ》に異《け》に

春日野に
朝ある雲ではないけれど……
しきりにしきりに
私の恋はつのります
月を追って日を追って――

（巻四の六九八）

春日野尓　朝居雲之　敷布二　吾者恋益　月二日二異二

「春日野」は、平城京の東にある春日地域にある野、のことです。春日野に朝ある雲のようにという序で、「しくしくに」を起こしています。

「しく」は先ほど見たように、重なるという意味の動詞ですが、これを重ねて、助詞「に」を下に置いて「しくしくに」という語ができます。これを副詞として認定すれば、重ね重ね、の意味となります。

「月に日に異に」は、月が変わるごとに、日が変わるごとに、という意味ですから、私の恋心は日増しに高まってゆくばかり、という意味になります。

春日野の朝雲は重なっているものだという前提がなければ、このような表現は成り立たないでしょう。

そういう認識が存在していたか、実際に歌われたその時点で雲が重なっていたかの、どちらかだと思います。

雲が重なるのも「しくしく」と表現することになります。現在では、絶え間なく泣くことを「しくしく泣く」と言い表すかたちなどに残っていますが、「しくしく」はもともと、重なるという意味の「しく」をさらに重ねたものですから、さまざまな使い方が可能になるわけです。

当然、雨も「しくしく」降りますし、雲も「しくしく」重なります。そして、そのように「しきりに、しきりに」私の恋心はつのります、と表現するように、恋心が募ってゆくことも「しくしく」と言ったのです。

巻七には、こんな例もあります。

夢《いめ》のみに
継《つ》ぎて見《み》えつつ ―― 夢だけには
ずっとずっと見え続けてはいるのだが……

高島《たかしま》の
磯越《いそこ》す波《なみ》の
しくしく思《おも》ほゆ

——高島の
磯を越す波のごとくに
しきりにしきりに思われてならぬのだ——

（巻七の一二三六）

夢耳　継而所見乍　竹嶋之　越礒波之　敷布所念

「夢のみに　継ぎて見えつつ」とは、現実には逢うことができないが、夢ではずっと見続けている、という意味です。

「つつ」は、反復、継続の助詞です。現実には逢えないから、「のみ」と限定しているのです。

「高島」という地名は、全国に存在します。

しかし、万葉で「高島」といえば、琵琶湖《びわこ》の高島だと考えてよいと思います。それほど、奈良時代においては著名でした。

「しくしく」は、先に見たように副詞として使われていて、「しきりに」という意味になります。

夢だけには、ずっとずっと見え続けていたが、高島の磯を越していく波のように、「何度も何度も」、「しきりにしきりに」思われる、それほど私の恋心は「ずっとずっと」途切れない、絶え間なく続いている、と言いたいのでしょう。

紅葉は黄色

巻十に、次の歌があります。

黄葉《もみち》を詠む

妻隠《つまごも》る
矢野《やの》の神山《かみやま》
露霜《つゆしも》に
にほひそめたり
散《ち》らまく惜《を》しも

妻隠る
矢野の神山は……
露霜降りて
今色づきはじめたよ
散るのが惜しいことだ――

（巻十の二一七八）

詠黄葉

妻隠　矢野神山　露霜尓　尓宝比始　散巻惜

「妻隠る」は、「ヤ（屋）」にかかる枕詞です。従って、「矢野」という地名の「ヤ」という音を起こしていることになります。しかし、「矢野の神山」が、いずれの地であるかは、不明です。

「露霜」は、「露」と「霜」の両方を指す、あるいは「霜」のことだ、など様々な意見がありますが、露と霜のイメージでとらえていいと思います。

「にほふ」は、照り輝く色彩の美しさを言う言葉です。ここでの「そむ」は、色づき始める、ということです。露霜が、木々の葉を色づかせると考えられていたので、露霜によって「にほひそめたり」というわけです。

現代日本語の「もみじ（ぢ）」は、奈良時代においては、「もみち」と清音で発音されていました。これは、四段動詞「もみつ」の連用形名詞です。つまり、紅葉をする、という意味の動詞が、古代には存在していたのです。

この「もみち」「もみつ」を漢字でどう書き表したかというと、赤色系統は、「紅葉」（二二〇一）、「赤葉」（三二二三）、「赤」（二二〇五、二二三二）で、合計たった四例しかありません。ところが、黄色系統は、「黄葉」「黄反」「黄変」「黄」「黄色」など、八十八例を数えます。

したがって、『万葉集』における「もみち」「もみつ」は、基本的には黄色でその色を代表させている、といえます。ですから、万葉時代の「もみじ」は、黄ではなく赤色だったというのは、まっ赤な嘘、ということになります。

書きとどめるにあたり、秋の葉の色の変化を、赤色で代表させるか、黄色で代表させるかの違いでしかありません。「まっ赤な嘘」と述べましたが、これも、嘘を形容するために選ばれた色であって、もともと嘘に色があるわけではありません。黒板を見て、緑色だから「緑板《りょくばん》と言いなさい」とはいわないと思います。

つまり、選択され、慣用化しているにすぎないのです。よく考えてみてください。じつは、「もみち」にも、さまざまな色がありますが、その色を黄色で代表させていたにすぎません。

絵を教えるときに、絵の先生は次のようなことをよく言います。

「リンゴは何色ですか?」

子どもたちは答えます。

「赤です。真っ赤なリンゴというではありませんか」と。

先生が、「じゃあこのリンゴは?」

と言ってリンゴを見せると、赤いところもありますが、黄色いところもあります。それをどのように描くのか、ということを先生は生徒に教えるわけです。

これと同じで、「もみち」の色を何色で代表させるかというのは、文学上きわめて重要な問題でありました。

童謡「まっかな秋」でも、もみじの葉っぱも真っ赤であるとされているように、現代の私たちは「こうよう」と言えば真っ先に赤色を思い浮かべるようになっています。

「黄葉」という語

『万葉集』では、もみじを書き表すときに、主に「黄葉」という字を使っていました。
ではこの考え方、書き方の源《みなもと》はどこにあるのでしょうか。
それは、古代の中国にあります。秋の葉色の変化を黄色で代表させる考え方は、すでに『礼記《らいき》』という古代の礼教について述べた書物のなかにあらわれています。

季秋の月、……是の月は、草木は黄落して、乃《すなわ》ち薪《たきぎ》を伐《き》りて炭《すみ》と為《な》す。
（『礼記』月令篇《がつりようへん》、書き下し文、筆者）

【訳】この月は、草木が黄色くなって落ち、そこで薪を取って炭として冬に備える。

とあります。この一文を踏まえて、漢の武帝《ぶてい》という人が、「秋風辞《しゆうふうのじ》」という詩を制作しました。この詩はたいへん有名になりました。万葉時代の知識人がよく読んでいた『文選《もんぜん》』にも、採られています。

秋風起こりて白雲飛び、草木は黄落して、雁《かり》南に帰りたり

（『文選』巻四十五、書き下し文、筆者）

【訳】秋風が起こって白雲が飛び、草木は黄色くなって落ち、雁は南に帰って行く。

とあります。

秋といえば悲しいものであり、中国においては老いを嘆く季節であるという文学の型が、すでに漢の「秋風辞」以来、中国では確立していました。

明るい「紅」「赤」の色で「紅葉」「赤葉」と表現することが難しかったのではないか、という研究もあります。

では、どのようにして「黄葉」から「紅葉」へ変わってゆくのでしょうか。

平安時代に日本でよく読まれていた『白氏文集《はくしもんじゆう》』をいち早く学んで、みずからの詩

文に活《い》かした菅原道真《すがわらのみちざね》（八四五―九〇三）以降、「紅葉」の語が、日本においても定着した、と言われています。

白居易《はくきょい》の詩のなかには、こうあります。

林間《りんかん》に酒を暖めて　紅葉を焼く
石上《せきじょう》に詩を題して　緑苔《りょくたい》を掃《はら》ふ

（「送王十八歸山寄題仙遊寺」『白氏文集』巻十四、書き下し文、筆者）

そして、杜牧《とぼく》（八〇三―八五三）という詩人の作品には、こうあります。

山行

遠く寒山に上れば　石径斜めなり
白雲　生ずる処に　人家有り
車を停めて　坐《そぞ》ろに愛す　楓林《ふうりん》の晩《く》れ
霜葉は　二月の花よりも紅なり

（書き下し文、筆者）

この杜牧の詩は有名で、これによって「紅」を用いる動きが広がっていった、と考えられています。

『万葉集』の「黄葉」の文学

万葉の時代の七世紀後半から、日本においては、春は花、秋は紅葉を愛《め》でることが定番となっています。ところが、中国の詩文においては、紅葉はそれほど重要ではありません。

じつは、『文選』なくして『万葉集』なしとも言い得る中国の詩文集『文選』には、「黄葉」の例は一例もありません。万葉びとが『文選』と同じく座右の書としていた現在でいう百科事典にあたる『芸文類聚《げいもんるいじゅう》』にも、四例しかありません。

膨大な作品数を誇る『白氏文集』でも、「黄葉」は五例、「紅葉」が十三例しかありません。

さらに、中国の漢詩を広く収集している『全唐詩』全体を見ても、「黄葉」十三例、「紅葉」二十九例です。

ところが『万葉集』では、巻十の秋雑歌「黄葉を詠む」だけでも、四十一首あります。なぜ、それほど『万葉集』では、「もみじ」の歌がたくさん詠まれているのでしょうか。これは、謎の一つです。

その謎について、いま私も考えているのですが……、まだ名案は浮かびません。

音と景を愛でる

アメリカの大学で『源氏物語』の授業をしたある教授が、虫の音で秋の訪れを感じるという部分を講読したところ、質問攻めにあったといいます。虫の「ノイズ」でなぜ、秋と判るのか、と。

教授によれば、鈴虫の音を風情として捉《とら》えるのか、雑音として捉えるのか、文化によって差異があるというのです。

特定の音を感知した場合、それが雑音の部類に仕分けされるのか、音楽の部類に仕分けされるのか、という違いがあるというわけです。

つまり、特定の景色や特定の音と情操とが結びついていると考えねばならないのです。

もちろん、それには文化によって「違い」と「差」があります。けっして、優劣ではありません。

こちらはカナダの大学で教鞭を執っていた別の教授の話ですが、カナダの紅葉は日本の比ではないほど美しいのに、日本人のように紅葉をわざわざ見にゆく人は少ないというのです。

もちろん、紅葉を美しいという気持ちは同じでしょうが、反応となる行動は違うのです。つまり、ものを見たり、聞いたりして美しいと思うのは、生後に行なわれたトレーニング（学習）の結果なのです。

万葉びとが、繊細に感じとった音に、鹿の鳴声があります。

「鹿の鳴声」と「秋萩」は、秋の音と景を代表するものとして歌われていることが多いのです（万葉でセットになるのは、鹿と紅葉ではなく、鹿と萩です）。

大伴坂上女郎、跡見庄にして作る歌二首

妹が目を初見の崎の秋萩は
この月ごろは散りこすな　ゆめ

妹が目をみそめるというではないが
始見の崎の　秋萩……
秋萩さんよここしばらくは　散らないでおくれよ――

吉隠の猪飼いの山に伏す鹿の

吉隠《よなばり》の　猪《い》養《かい》の山に　伏している鹿の……

妻呼ぶ声を聞くがともしさ　——妻を呼ぶ声を　聞くと羨《うらや》ましくなってしまう
（巻八の一五六〇、一五六一）

という歌があります。

一首目では、秋萩よ散るなと歌い、二首目では鹿の妻を呼ぶ声が現在独りのわたしにはうらやましく聞こえる、と歌っているのです。

このように万葉びとが、萩と鹿の声をセットで歌うのは、ともに秋を代表する大和の景と音であり、それは同時に万葉びとの情操をくすぐるものだったからだ、といえます。

こういった景と音に対する反応は、歌を支える情感、情操となっていきます。おそらく、これは日本の風土から発生、成立したものであると思われます。

なぜならば、「萩の開花」と「鹿の発情」が同時期であるということを生活のなかで実感しなければ、このような情感が多くの人びとに共有されることはなかった、と思われるからです。

けれども、風土が同じならば、必ず同じような情感が形成され、そこから文学の伝統が生まれるかというと、そうではありません。それには、そう感じるための「学習」が必要なのです。

松茸の香り

（巻十の二二三三）
芳《か》を詠む
高松《たかまつ》の
この峰《みね》も狭《せ》に
笠立《かさた》てて
満《み》ち盛《さか》りたる
秋《あき》の香《か》の良《よ》さ
高松の
この峰狭しと
笠を突き立てて……
満ち満ちて溢《あふ》れる
秋の香り良きこと限りなし――

詠芳
高松之　此峯迫尓　笠立而　盈盛有　秋香乃吉者

この歌は、「芳を詠む」に分類されています。「芳」は香りのことです。『万葉集』全体を見た場合、嗅覚《きゆうかく》に関わる歌はきわめて少ない。香りがヤマト歌の対象となることは、万葉時代においては無かったといって良いと思われます。

「高松」は、「高円山《たかまとやま》」のことだといわれています。奈良市の高円山とその山麓《さんろく》のことです（巻二の二三〇）。「この」は、臨場表現ですから、「この峰も狭しと笠を立てて」ということになります。

キノコは、特定の気象条件下では、一気に発育します。もう一つキノコの性格としては、群生する、ということがあります。

キノコが突然生えて群生する姿と、その香りがその場に満ち満ちている様子を、「満ち盛る」と表現しているわけです。

このような表現で、秋の香のすばらしさを讃《たた》えています。「秋の香」を松茸《まつたけ》の香りとし、松茸のことを「秋の香」と呼んでいた、と解説する注釈書が多いのですが、しかし、そうではありません。

キノコであることは間違いなく、松茸の香りである可能性も高いのですが、この歌の場合は、そのまま、秋の峰に漂う香り、と考えておくべきです。キノコの種類であると考えてはいけません。

ちなみに、ある匂いが特定の季節と結びつき、それが歌を詠むうえで型のようになっている、ということはありません。

個人的経験で、例えば新緑の香りが初夏と結びつくことがあったとしても、文学の素材として、それが定着しているわけではないのです。

仮にサンマを焼く匂いが秋と結びつくのも、サンマが大量に市販されるようになった時代以降です。

キノコの香りによって秋だとわかる、と歌うこの歌は例外的だといえます。

希少な栄養素を含み、味、香りともに優れているキノコは、重要な食料でした。しかし、それを歌に詠むかどうかは、別です。

キノコの歌は、この一首のみなのです。その後のヤマト歌世界を見渡しても、歌われることは、ほとんどありません。

けれども、この歌からわかることがあります。キノコの香りを楽しむ文化が、奈良時代にもあった、ということです。

それだけでなく、秋の香りの代表として、キノコの香りを「秋の香」と人びとが呼んでいたこともわかります。

八百屋さんに松茸が並び、通りかかった折にその香りが気になることがあります。

それほど、松茸の香りは、広がりやすいものですし、松茸ご飯は少量の松茸でも香り豊かです。

そういう楽しみ方を、当時の人々も知っていたのだ、と思います。

風に靡く稲穂

秋《あき》の田《た》の
穂向《ほむ》きの寄《よ》れる
片寄《かたよ》りに
我《あれ》は物思《ものおも》ふ
つれなきものを

秋の田の
穂が一方の側にしか
靡かないように……
わたしはひたすら物思いにふける
つれない人のことを——

（巻十の二二四七）

秋田之　穂向之所依　片縁　吾者物念　都礼無物乎

稲穂が稔《みの》って、一定の重みを持つと、穂が垂れてきます。柔軟性があり、一定の重みがあると、風で一方向に穂並みが靡いてゆく、ということがあります。それは、時に、波のごとくに見えます。

読者の皆さんも、風に揺れる稲穂が、一方向に靡いている姿を見たことはありませんか。「片寄り」とは、一方向ばかりに靡くことです。

ここまでが、「物思ふ」の語を起こす序になっています。

穂並みが一方向に靡くように、私は物を思う、つれないあなたなのに、くらいの語感です。形容詞の「つれなし」の「つれ」は、〈ゆかり（縁）〉のことを表します。したがって、原義は、「ゆかりがない」ということです。無関心ということですが、自分が思っているのに、相手が思ってくれないというのは、冷たい、無情だ、ということになります。

秋の田の穂並みのように靡いているのに、どうして私のことを思ってくれないのか、という恨み節になります。

詩というものは、イメージを形にするものですが、秋の田の穂が風によって一方向に靡いている姿を、気持ちが一方向に靡くことの喩えとして使っているわけです。こういう思いで、千三百年前の人が秋の田の穂向きを見ていたと思うと、私はワクワクします。

カエルの声は

蝦《かはづ》に寄する

朝霞《あさがすみ》
鹿火屋《かひや》が下《した》に
鳴《な》くかはづ
声《こゑ》だに聞《き》かば
我恋《あれこ》ひめやも

朝霞
鹿火屋の下で
鳴く蛙……　その蛙のように
声だけでも聞けたら
わたしは恋しくなんか思わない——

（巻十の二二六五）

寄蝦

朝霞　鹿火屋之下尓　鳴蝦　声谷聞者　吾将恋八方

ません。

「カハヅ」は、現在のカジカガエルのことだと言われていますが、よくは分かってい

「鹿火屋」とは、収穫前の田畑を荒らす猪や鹿を見張る小屋のことです。火を焚いて獣を追い払うので、「鹿火屋」という名称で呼ばれていました。仮に作られた「仮廬《かりお》」、田んぼの近くに建っている「田屋」や「田伏」「伏屋《ふせや》」も、同じ機能を持ちます。

その「鹿火屋」にかかる枕詞が、「朝霞」です。焚く火から出る煙を、朝霞に見立てていると言われます。

「声だに聞かば」というのは、せめて声だけでも聞いたならば、私はこんなにも恋い慕うことになるであろうか、というわけです。

これらを踏まえたうえで、この歌を振り返ってみます。

朝霞のような煙が立ち込める鹿火屋の下で鳴いている蛙のように、声だけでも聞けば、といっています。

わたしは蛙を見ていないのですが、蛙の声は聞こえてくる。イノシシやシカがやって来ないように、小さな小屋を建て、その横で焚き火をしている。そのときに、蛙の声が聞こえてきた、という歌です。

蛙の声を聞いて、恋人の声を思い浮かべる、というのは不思議な感覚ですが、それ

も詩のイメージとして万葉の時代には存在していたことになります。
皆さんは、蛙の声を聞いて恋人の声を思い起こしますか？

第四章　牽牛と織女にはメッセンジャーボーイが居た

牽牛と織女を結ぶメッセンジャーボーイ

七夕は、中国、朝鮮半島、日本、ベトナム等で広くおこなわれている星祭りのことです。

その起源は、古代中国の星に関わる伝説だといわれています。

わたしたちが知っている牽牛《けんぎゅう》と織女《しょくじょ》の、年に一度の逢瀬《おうせ》が七月七日におこなわれている、という伝説のことです。

わたしたちが知る七夕の伝説には月は登場しませんが、『万葉集』では月も登場します。その月は男性で、「月人壮士《つきひとおとこ》」と呼ばれます。「月人壮士」は、月そのもののことを指します。

そして「月人壮士」は、牽牛と織女のあいだを取り持つ使者、すなわちメッセンジャーボーイの役割を持っています。

ただし、月は天の川を直線的に渡るわけではありません。「黄道《おうどう》」という、日や月と五惑星の道を渡って行くもの、と考えられていました。
『万葉集』の「月人壮士」は、牽牛と織女の二人を結ぶメッセンジャーボーイという
ことになります。

月人壮士がいたからこそ

この「月人壮士」について歌った歌があります。次の歌です。

夕星《ゆふつづ》も
通《かよ》ふ天道《あまぢ》を
何時《いつ》までか
仰《あふ》ぎて待《ま》たむ
月人《つきひと》をとこ

（巻十の二〇一〇）

夕星も
通う天道を……
いつまで
仰いで待てばよいというのか
月人壮士さんよ――

夕星毛　往来天道　及何時鹿　仰而将待　月人壮

「夕星」とは、宵の明星のこと、すなわち金星です。「天道」とは、天空にある道のことをいいます。「アマノガハ（天の川）」ではなく、「アマヂ（天道）」となっています。天の川は、牽牛と織女を隔てている川のことで、日本の七夕歌では、牽牛が渡る川です。

いっぽう天道は、太陽、月、五惑星が行く道であり、「黄道」といわれる道のことです。

「黄道」は、キトラ古墳の天井にも描かれています。

何度もその場所に行くことを「通う」といいます。この歌の「夕星も通ふ」の、助詞「も」には添加の意味があります。添加とは、すでにあるAに対してBが加わることです。したがって、月人壮士も通う天道ということになります。太陽、五惑星、それに月人をとこも通う、という意味です。

その天道を、いつまで仰ぎ見て待ったらよいのか、と月人壮士に問いかけた歌ということになります。

月が行く道は黄道であり、牽牛が渡るのは天の川です。したがって、月人壮士は、牽牛と同じように天の川を渡河するのではなく、黄道を巡りながら、時に牽牛星に近づき、時に織女星に近づくと、考えなくてはなりません。

一年に一度しか会えない牽牛と織女でありましたが、互いに、月人壮士を通じて連絡を取り合っていた、ということになります。

これから天の川を眺めるときは、必ず、月も見てあげてください。その月が二人を結ぶメッセンジャーボーイになっているのですから。

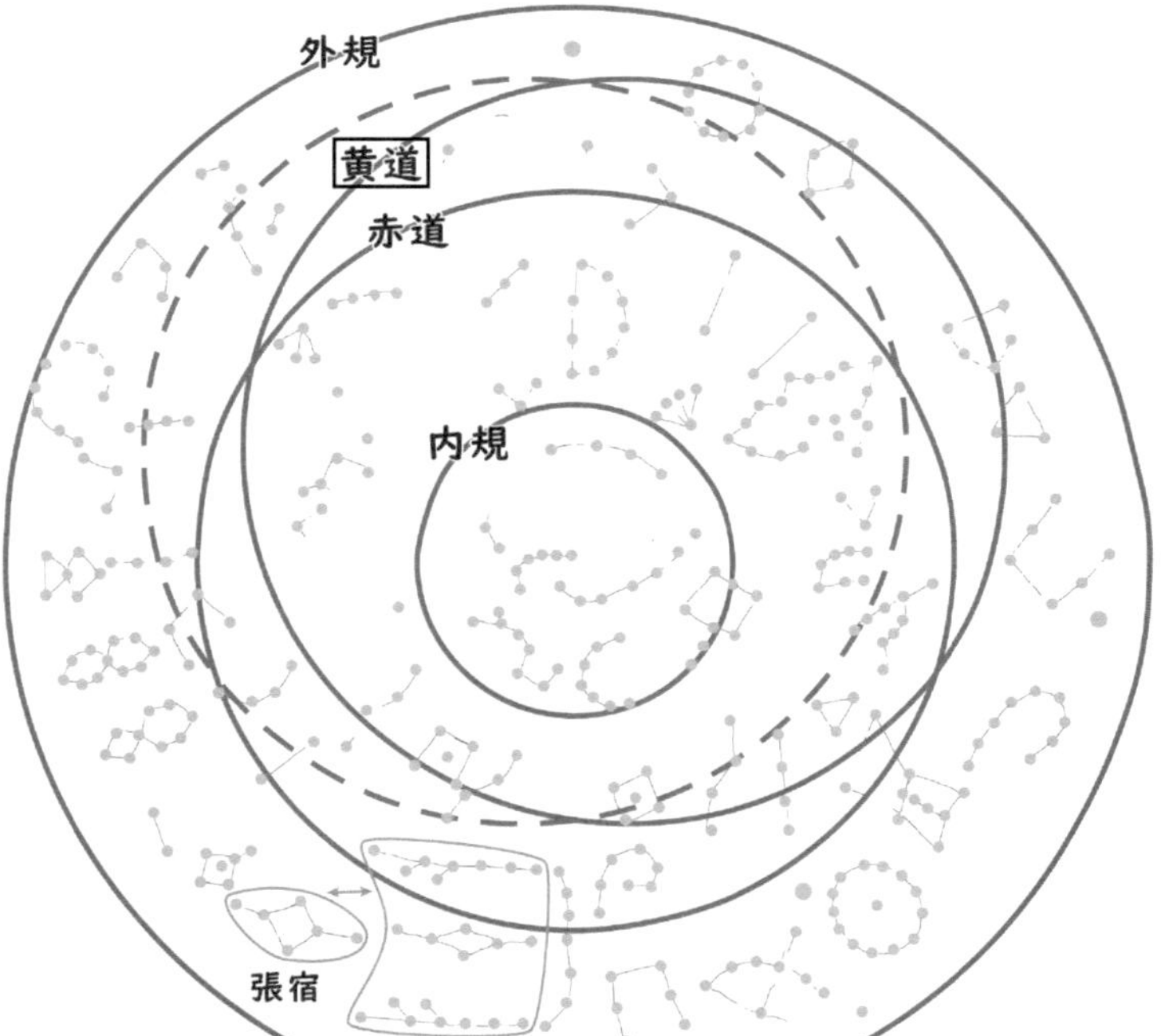

「キトラ天文図復元トレース図」（奈良文化財研究所提供）

待ちきれない牽牛と織女

恋《こ》ひしくは
日長《けなが》きものを
今《いま》だにも
ともしむべしや
逢《あ》ふべき夜《よ》だに

恋しき日々は
長い長いものなのに……
今だけは
じらさないでくださいましな
逢うべき今夜ぐらいは――

（巻十の二〇一七）

恋敷者　気長物乎　今谷　乏之牟可哉　可相夜谷

「恋ひしくは」は、恋しいという日については、という言い回しです。「ものを」は、逆接なので、恋しい日々は、長いものであるのに、ということ。つまり、一日千秋という意味になります。

次の「今だにも」は、この七夕の夜だけでも、ということです。また、下二段動詞の「ともしむ」は、飽き足らない思いをさせるということです。したがって、じらさないでください、充分に恋の時を尽くしてください、という意味になります。助詞の「や」は、反語なので、二人が逢瀬できる今夜だけは、私を満たしてくださ い、ということになるでしょう。

表現だけを見れば、牽牛の歌とも織女の歌とも考えられます。牽牛の歌とする注釈書が多いのですが、織女の歌とする注釈書もあります。どちらの歌か、いずれとも判断するのは難しい歌です。

しかし、どちらの歌か判断できない場合には、織女の歌とみるべきでしょう。なぜならば、万葉歌の世界では、待つのは常に女だからです。男が待つ歌は、例外的です。

一刻も早く河を渡って、こちらに着いてほしい、ということです。とある注釈書が説くように、織女の寝屋に入った後の牽牛の歌とする考えもありますが、その途中経過が説明されていないので、そうではないでしょう。そう受け取ると、あまりにもなまめかしい歌になりますね。

季節が移るとともに、七夕が近づき、七夕の河渡りの宵へと時が進んでゆくなかで、こんなときだけはとにかく急いで来て、わたしの想い、恋心を満たしてください、と織女がせがむ歌だと考えられます。

われわれが考えている七夕伝説よりも、織女が積極的なことに、皆さんはびっくりされませんでしたか？

紐を解いて待とう

このような歌もあります。

天《あま》の川《がは》
川門《かはと》に立《た》ちて
我《あ》が恋《こ》ひし
君来《きみき》ますなり
紐解《ひもと》き待《ま》たむ（一に云ふ、「天《あま》の川《がは》　川《かは》に向《む》き立《た》ち」）

天の川の
渡し場に立って……
わが恋しき君が
いらっしゃるようだ
紐を解いて待とう（一つの書には「天の川の　川に向かって立ち」とある）

（巻十の二〇四八）

天漢　河門立　吾恋之　君来奈里　紐解待　一云、天河川向立

「川門」というのは、川の特定の場所を意味しますが、その特定の場所とは、天の川の舟着き場を指します。つまり、牽牛がやって来る舟着き場に立って、という意味です。

その川門に立っていると、わたしが恋しく思っていたあなたがやって来たようだ、というのです。

「君来ますなり　紐解き待たむ」の「なり」は、いわゆる伝聞推定の助動詞「なり」です。君が来たようだ、紐を解いて待とう、というのです。

どういう意味かというと、恋人がやって来て、部屋に入った後は、くつろぐために互いの服を脱ぐので、紐を解く。そして解いたのちに共寝をする、というのが通常の「紐を解いて待つ」の意味です。

ところがここでは、織女は待ちきれずに、川で牽牛を待っているあいだに紐を解いてしまった、ということになります。

実際にこの歌は、当時としては「笑わせ歌」だったと思います。いくら、一年に一度しか会えないといっても、紐を解いて待つなんて、そんなことはありえないよ！くらいのツッコミを受けたかもしれません。

私たちは、『万葉集』の歌を解釈するときに、あまりにも真面目に取りすぎるという悪い癖があります。こういうふうに、笑わせる歌もあるのです。

とはいえ、巻十の七夕歌の織女はきわめて積極的で、「早く、早く」と急《せ》かし、紐を解いて待つような女性だ、ということになります。

古代の七夕伝説の変わった側面を皆さんはどう思われますか。

江戸時代の人がイメージしていた牽牛と織女をイラスト化したもの。（月岡芳年『月百姿』より「銀河月」。『月百姿』は 1885（明治 18）年から 1892（明治 25）年にかけて制作された。国立国会図書館ウェブサイトより）

牽牛だって……

巻十には、次の歌もあります。笑わせ歌ということでは、この歌も同様だと思います。

ま日《け》長《なが》く
恋《こ》ふる心《こころ》ゆ
秋風《あきかぜ》に
妹《いも》が音《おと》聞《き》こゆ
紐解《ひもと》き行《ゆ》かな

長い長い間
恋しく恋しく思う心からか……
秋風に
妹の気配が聞こえて来る
紐を解いて逢いに行きたい――

(巻十の二〇一六)

真気長　恋心自　白風　妹音所聴　紐解往名

「ケ」は、「ヒ」の複数形です。したがって、長く恋い慕っていた心からか、という意味になります。

「秋風に　妹が音聞こゆ　紐解き行かな」にある「妹が音」とは、妹の声のことです。気配といってもよいでしょう。どちらにせよ妹の存在、つまり織女の存在が感じられる音ということになります。

〈紐を解いて逢いに行きたい〉とは、共寝をするために解く紐を、待ちきれないので、先に自分で解く、という意味になります。

牽牛は織女に会ったあと、すぐにくつろいで、すぐに共寝をしたいので、紐を解いて会いに行った、というのです。

これも、笑わせ歌の一つだと思います。どんなに会いたいからといっても、下着の紐を解《ほど》いて恋人に会いに行くことなど、ありえませんよね――。

牽牛の梶と棹を隠す織女

巻十の二〇八八番には、次の歌があります。

我《わ》が隠《かく》せる
梶棹《かぢさを》なくて
渡《わた》り守《もり》
舟貸《ふねか》さめやも
しましはあり待《ま》て

わたしが隠しておいた
梶と棹がなくて……
渡し守が
舟を貸すことなどありますまい
しばしこのままお待ちくださいな——

（巻十の二〇八八）

吾隠有　檝棹無而　渡守　舟将借八方　須臾者有待

「隠せる」は、隠している、ということです。この「隠せる」が、「梶棹」を修飾していて、「私が隠している梶棹がなくては」という意味になります。「渡り守」とありますが、現在の言葉では「渡し守」のことです。平安時代以降に「渡し守」と言うようになります。

「やも」は、語気の強い反語表現なので、渡し守が舟を貸してくれることなんて、ありゃしませんよ、くらいの言い回しとなります。

「しまし」は、しばらく、という意味。「あり待つ」とは、そのままの状態で、待ち続ける、ということです。

あなたを帰したくないので、梶棹を隠してしまいました。渡し守さんは、舟を貸してくれるはずなんてありません。しばらく、このままでいてくださいという、織女の留め歌です。宴席の終わりに、必ず主人や遊女が、帰ろうとするお客さんを留める歌を歌います。それは、この歌の形式を踏まえているといわれています。

じつにユーモラスですね。牽牛が帰ってしまうのが嫌だから、牽牛が乗ってきた舟の梶と棹を織女が隠してしまうというのです。

そうすると、渡し守さんは舟を貸してくれませんよというのですから、客を留める面白い歌となります。

この歌は人気があったらしく、『古今和歌集』にも似た歌が収められています。「ひさかたの天の河原の渡し守君渡りなばかぢ隠してよ」という歌です（巻四の一七四、秋歌上）。こちらは、織女が渡し守に、梶を隠しておくれよ、と懇願する歌になっています。

恋人が帰るのが嫌だから、恋人が乗って来た舟や、その梶や棹を隠すということは、実際にはありえないと思いますが、それほどまでに「わたしはあなたが好き」だという表現なのだと考えなくてはなりません。

『万葉集』巻十の七夕歌には、現代人にとっては意外な側面がある歌もあります。客を引き留めて、飲み直しましょう、という歌の例をひとつ挙げておきましょう。

ここに、諸人酒酣《もろひとたけなは》に、更深《よふ》け
鶏《にはとり》鳴く。これに因《よ》りて、主人《あろじ》
内蔵《くらの》伊美吉《いみき》縄麻呂《なはまろ》が作る歌一首

打ち羽振《はふ》き
鶏《とり》は鳴くとも

ここで、宴たけなわとなったその時に、
夜も更けゆき、鶏が鳴いたのである。
そこで、主人の内蔵忌寸《くらのいみき》縄麻呂《なわまろ》が作った歌一首

ばたばたと羽ばたいて
にわとりが夜明けを告げて鳴くけれど……

かくばかり
降り敷く雪に
君いまさめやも

こんなにも
降り積もった雪の中をですね
あなたさまがたよ　どうしてお帰りになることなどできましょうや（ここは、また落ち着いて、飲み直しましょうよぉ――）

（巻十九の四二三三）

于是、諸人酒酣、更深鶏鳴。因此、主人内蔵伊美吉縄麻呂作歌一首
打羽振　鶏者鳴等母　如此許　零敷雪尓　君伊麻左米也母

当時読まれていた、中国（唐）の小説『遊仙窟』などの書物を読んでいれば、「更深け鶏鳴く」が、逢瀬の時の終わりを告げる鶏の朝鳴きのことを憎む言い回しだと、すぐにわかるはずです。
「打ち羽振き」は、鶏が羽ばたきをして、という意味です。鳥が飛び立つときの音であることには注意が必要です。ばたばた、ばたばたと帰ることを暗示しているのだと思われるからです。

「鶏は鳴くとも」は、鶏が鳴けば朝であるから、帰らねばならない、ということです。「どうしてお帰りになることなどできましょうや」という言い回しで、「もう一杯、飲み直しましょう」という、誘う気持ちを伝えることになります。

主《あるじ》が客にたいして引き留め歌を歌うのは、ひとつの礼儀です。また、主の言葉を受け入れて飲み直すのも、客の礼儀でした。つまり、互いに宴の名残を惜しみつつ終わるのが、宴会では大切な作法だったのです。

鬼は２人の逢瀬を阻む見張り役として登場している。江戸初期に描かれたもので、牽牛と織女のイメージの１つと見てよいだろう。(「七夕のさうし」専修大学図書館所蔵)

帯を返してという牽牛

さ寝《ね》そめて
いくだもあらねば
白《しろ》たへの
帯乞《おびこ》ふべしや
恋《こひ》も過《す》ぎねば

寝始めて
いく時もたっていないのに
白たへの
帯をくれなどと言ってよいのでしょうか
恋心も満たされぬのに――

（巻十の二〇二三）

左尼始而　何太毛不在者　白栲　帯可乞哉　恋毛不過者

「さ寝そめて」の「さ」は接頭語で、寝始めてどれほどの時も経っていないのに、という意味です。

「白たへの」は「帯」にかかる枕詞で、この枕詞のイメージそのままであるなら、牽牛の帯は真っ白い布の帯だったと考えてよいでしょう。

「や」は、反語です。したがって、もう帯を求めたりしてよいのでしょうか、いや、そんなことは許しません、くらいの語感です。かなり強い語感です。

織女と牽牛は、七月七日の夜にようやく会うことができ、共寝をすることができました。共寝をしますので、当然、帯も下着の紐も解いていたはずです。その帯を、もうそろそろ帰るから返してくれよ、と牽牛がいったのでしょう。

それに対して、織女は、まだいく時もたっていないのに、帯を返してくれなんて言ってよいのでしょうか。私の恋心は充分に満たされていませんよ、といったのです。

これは、歌で許されるぎりぎりのラインの官能表現で、聞き手、読み手に、牽牛と織女の寝室での姿を想起させる歌となっています。

しかも、織女のセリフをそのまま歌にした形になっています。「帯を返してくれ」というのは、別れの表現だと考えねばなりませんね。

七夕伝説に設定を借りながら、内容としてはきわめてなまめかしい男女の姿を映しています。

読者はそうやって、みずからの身に置き換えるなどして、この歌を楽しんだのでしょう。こうした表現のありかたは、現在では例えば恋愛小説や歴史小説風コミックの読者が、その設定を通して妄想を逞《たくま》しくしながら作品を楽しむ姿と似ているかもしれません。

萩の歌が一番多い理由

秋《あき》さらば
妹《いも》に見《み》せむと
植《う》ゑし萩《はぎ》
露霜《つゆしも》負《お》ひて
散《ち》りにけるかも

秋がやって来たら
妹に見せようと
植えた萩……
その萩は　露霜を負って
散ってしまったなぁ――

（巻十の二一二七）

秋去者　妹令視跡　殖之芽子　露霜負而　散来毳

「秋さらば」は、秋がやって来ると、という意味です。秋になれば、恋人に見せようと、というのです。「露霜」については、〈露と霜〉か、〈露か霜〉か、などさまざまな解釈が可能です。大切なことは、そこに寒冷なイメージがある、ということです。男は、妹に見せるために、家に萩を植えたのでした。その萩が散ってしまったと嘆いているのは、妹に見せることができなかったからです。開花のころの逢瀬を逃したことを嘆く歌とも、失恋を詠んだ歌とも取れます。

庭を作り、好きな植物を植えて、それを人に見せて楽しむということが、すでにこの時代にはあったのです。

つまり、庭を見る楽しみだけではなく、庭を作り、好きな人と一緒に見る楽しみもあったということになります。現代でいえば、ガーデニングになると思います。

『万葉集』に登場する植物のなかで、最も多く表現されているのは、じつは萩なのです。一四〇首ほどになります。

次は梅で、一二〇首。したがって、数だけを見れば、春の花の代表は梅で、秋の花の代表は萩、ということになります。

また、春が花であるならば、秋は紅葉という考え方もあります。この、春は花、秋は紅葉という対比は、額田王《ぬかたのおおきみ》の時代からあります(巻一の一六)。日本列島においては、秋に咲く花は少なく、秋に咲く花の代表といえば、萩でした。

萩を溺愛《できあい》する歌がたくさんあるのも、そのためです。秋を代表する花といっても、萩の花弁は小さく、目立つ花ではありません。一方、花期が長く、秋を通じて楽しめる花でもありました。

そのため、建物に付属する小庭――これを『万葉集』では「やど」と呼ぶのですが――に好んで移植された植物が萩でした。山野に野生している萩を移植することが、盛んに行なわれていたのです。

また、歌のなかでの約束事、物語のようなものがあり、それを前提として歌われた歌もありました。

それは、雄鹿が萩を妻とするという物語です。ちょうど鹿が鳴きだす頃、萩の花が咲きますので、雄鹿の妻は萩である、という物語があったのです。

次に、露と萩が開花をめぐって争うという物語もありました。露は早く咲かせよう、咲かせよう、としますが、萩の花は咲くまい、咲くまい、と頑張ります。白露と萩が争って、最後は白露が勝って萩の花が咲くという物語もあります。

さらには、萩の花が雁《かり》を嫌うという歌い方もありました。晩秋になると、北方から渡り鳥の雁がやって来ます。雁がやって来る頃に、萩は散ってゆきます。

したがって、雁がやって来ると自分が散らなくてはいけないということで、萩が、雁を嫌うという歌い方も、実際にあります。

『万葉集』には、山上憶良の「秋の野の花を詠む歌」という歌があります。「萩の花　尾花葛花　なでしこが花　をみなへし　また藤袴　朝顔が花〔その二〕」という歌です（巻八の一五三八）。

このうちの「尾花」はススキです。「萩」のほかには「をみなへし」「朝顔」が含まれている。つまり、秋の野の花の筆頭として、やはり萩が歌われているのです。

ちなみに、萩の歌は、平安時代になると、きわめて少なくなります。平安朝においては、歌に歌われる対象としてはマイナーなものになっていきます。これはやはり、天平期の庭園に萩を植えることが流行し、それを観賞して歌を作ることが多かったからだと考えられます。

現在、秋の花の代表といえば、菊を挙げる人が多いと思います。『万葉集』には、菊の花を歌った歌が一首もありません。ただし『万葉集』と同じ時代の漢詩集である『懐風藻』には、菊の花も歌われています。

これは、菊の花を歌うということが、まだ定着していなかったからだと考えられます。菊が秋の花の代表となっていくのは、平安朝以降だと考えてよいと思います。

萩かススキか

人皆《ひとみな》は
萩《はぎ》を秋《あき》と言《い》ふ
よし我《われ》は
尾花《をばな》が末《うれ》を
秋《あき》とは言《い》はむ

人は皆
萩を秋と言う――
よし我は
尾花の穂を
秋だと言おう……

（巻十の二一一〇）

人皆者　芽子乎秋云　縦吾等者　乎花之末乎　秋跡者将言

「人皆」は、世の中のあらゆる人、という意味です。平安時代においては、その場にいる一座の人間を「皆人」といい、あらゆる人をいう場合には、「人皆」を用いる傾向があるとされています。

しかし、『万葉集』においては、その差異は明確ではありません。世間のお人は、萩を、秋を代表する花だと言う。それに対して、「よーし！　私は」といっています。世間の人がたとえそう言っても、えいままよ、ということです。

「尾花が末」とは、ススキの穂先のことです。この尾花の方が、秋を代表すると私は言いたい、というのです。

どういう歌であるかというと、ほとんどの人は、秋の花といえば萩だと言う。しかし私は、たとえ少数派であったとしても尾花の方がよいと思う、と言いたい。自分がマイノリティーであることがわかっていても、そのことを堂々と主張したいという歌です。

皆さんは、お饅頭《まんじゅう》で黒あんと白あんのどちらが好きですか？　統計によると、多くは黒あんが好き、と答えるようです。

しかし、白あんの方が好きだという人もいます。そのように、もともとわかっている情報を前提として、こうした歌い方をしているのだと思います。

萩かススキか、というような、雅《みやび》な論争が、奈良時代にはあったのですね。

萩と雁は仲が悪い

秋萩《あきはぎ》は
雁《かり》に逢《あ》はじと
言《い》へればか
〈一に云ふ、「言《い》へれかも」〉
声《こゑ》を聞《き》きては
花《はな》に散《ち》りぬる

秋萩は
雁に逢うまいと
言ったからか
〈一つの書には「言ったゆえか」とある〉
声を聞くと
花のまま散ってしまった――

（巻十の二一二六）

秋芽子者　於鴈不相常　言有者香　一云、言有可聞　音乎聞而者　花尓散去流

萩は、初秋に咲き始め、中秋には散って、晩秋には紅葉します。雁は、晩秋から初

冬にかけてやって来て、春になると帰ってゆく渡り鳥です。ですから、秋萩は雁に逢うまい、というわけです。

秋萩は、雁に逢うまいと言っているからなのか、という意味です。「花に散る」とは、花の状態のままで散るということです。枯れ果てて散るというのではなく、盛りのままに散るということになります。

聞き手、読み手は、末句に至って、「雁に逢はじ」が秋萩の肉声であるとわかる仕掛けになっています。秋萩が雁に逢うのを嫌がっている、という物語が、この歌にはあるのです。

萩は初秋から中秋の代表的な花です。雁は晩秋から初冬の代表的な鳥です。萩は、雁の到来によって、自らの盛りが終わることを知ってしまうので、こういうふうに考えるのだ、というわけです。ですから、雁の声を聞くと、萩は散り急ぐというのです。

考えてみれば、主役の座が奪われてしまうのが悔しいので、先に散ってやろう、と読むこともできます。みんなに惜しまれながら散る、というのが一つの美学なのですね。

たとえば、宝塚歌劇団では、もっともよい時に引退する美学があります。いわゆる引退の花道です。これは、もう日本人の美学といえるかもしれませんね。

第五章　幸せのサチ

幸せのサチ

玉《たま》かぎる
夕《ゆふ》さり来《く》れば
猟人《さつひと》の
弓《ゆ》月《つき》が岳《たけ》に
霞《かすみ》たなびく

玉かぎる
夕方になると……
猟人の
弓月が岳に
霞がたなびく——

（巻十の一八一六）

玉蜻　夕去来者　佐豆人之　弓月我高荷　霞霏霺

「玉かぎる」は、「夕」にかかる枕詞です。「夕さり来れば」とは、「夕方が去ると」ではなく、夕方が「やって来ると」、という意味になります。

「弓月が岳」という山は、現在の奈良県桜井市にある山の一つだと言われています。この「弓月が岳」にかかる枕詞が、「猟人の」です。

「サツ」とは、獲物のことです。獲物を捕らえることは、「サチ」を得ることなので、「サツ」と「サチ」は、同じ意味と考えられます。獲物を捕らえるために使う矢が「サツヤ」、獲物を捕らえる弓が「サツユミ」、獲物を捕らえる男が「サツヲ」というのです。「サツヲ」と同じような意味で、「サツヒト」という言い方も存在していたのです。

「ユツキ」といえば弓、弓といえば「サツヒト」という連想が働いています。

幸せを表す「サチ」は、「山の幸《サチ》」「海の幸《サチ》」のように、私たちが山や海から受けることができる恩恵をいいます。

狩猟の場合には、「サツヤ」「サツユミ」を使う「サツヒト」が狩りをする、というわけです。

この言葉は、方言として残っています。愛知県、静岡県、長野県の国境地帯のことを三信遠国境地帯といいますが、この地域の猟師さんたちは、昭和の初めまで「シャチダマ（猟弾）」という言葉を使っていました。

シャチダマの「シャチ」とは「サツ」のことです。もう明治になると、鉄砲で狩りをするのですが、その弾のなかに「シャチダマ」という弾があったのです。「シャチダマ」という弾は、最後に残った一つの弾、という意味になります。この弾は絶対に使わずに、持って帰るのです。つまり、どんなに弾を撃っても、最後に一つ弾丸を残して家まで帰り着くという決まりごとがありました。この最後の弾を「シャチダマ」と言っているのです。

やはりこの「シャチ」は、「サツ」と同じだと思います。ではなぜ、猟師さんたちはすべての弾を撃ち切らないのでしょうか。それは、弾を撃ちきってしまいゼロ、空《から》になることを嫌がるからです。

すべてを使い切ってしまうと、その後が続かなくなってしまう、だから必ず一つは残す、という考え方がありました。

ちなみに、私が子どもの頃、ご飯のおかわりをする時には、茶碗にほんの少し残すという決まりごとがありました。そうすると、そこに二杯目のご飯、三杯目のご飯をついでくれます。少しも残さずに、すべて食べきって茶碗を渡すと、「縁起が悪い」と言われました。

つまり、続いてゆくことを大切にする考え方があり、それが一種のおまじないのようになっていたと思われます。

「シャチ」と「サツ」はおそらく同じ言葉で、「シャチダマ」とは、ずっと幸福が続いてゆくように、一つの弾だけは持ち続けておく、という考え方に基づくものだと思われます。それが、「幸せ」の「サチ」、「シャチ」です。

次の歌にも、「サツ」が登場します。

山《やま》の辺《へ》に
い行《ゆ》く猟夫《さつを》は
多《おほ》かれど
山《やま》にも野《の》にも
さ雄鹿《をしか》鳴《な》くも

――山辺を
行く猟夫は
多いけれど……
山にも野にも
それでもさ雄鹿が鳴くよ――

（巻十の二一四七）

山辺尓　射去薩雄者　雖大有　山尓文野尓文　紗少壮鹿鳴母

「猟夫」は、猟師のことです。「猟夫」は、「サチ」すなわち獲物を射る人ということになります。先に述べた「サツ」と同じです。

「山にも野にも　さ雄鹿鳴くも」がどういうことかというと、山辺を行く猟師さんたちは多く、鹿にとっては危険である。まして、鳴けば、猟師に狙われやすい。それでも、野にも山にも雄鹿は鳴いている、というのです。

これは、危険を冒しても、恋に一途《いちず》に生きる生き方を詠んだ歌になります。寓意がある歌として読めば、危険を顧みず恋を貫く一途な男のことを詠んだ歌ということになります。

狙われるのがわかっていても、声をあげて妻を呼ぶ、その健気《けなげ》さを歌った歌になりますね。

春は来るもの、春は立つもの

巻十に、次のような歌があります。

ひさかたの
天《あめ》の香具山《かぐやま》
この夕《ゆふへ》
霞《かすみ》たなびく
春立《はるた》つらしも

（巻十の一八一二）

ひさかたの
天の香具山に……
この夕べ
霞がたなびいている
立春となったらしい――

久方之　天芳山　此夕　霞霏霺　春立下

「ひさかたの」は、「あめ」にかかる枕詞です。「天の香具山」というのは、香具山の上空に高天《たかあま》の原《はら》があり、香具山から季節が始まるという考え方がこの時代には存在していたため、この言い方があります。

天空はどこにも存在しますが、香具山の上空は特別で、高天の原のある天空だと考えられていました。ですから香具山から季節が始まるのです。

香具山は、現在の奈良県橿原市と桜井市にまたがる山ですが、その香具山は藤原京（六九四－七一〇年）の都から見て東の山でした。東の香具山、北の耳成山《みみなしやま》、西の畝傍《うねび》山《やま》というのが、大和三山です。

都がある藤原、その藤原の東、東は太陽が昇る方角。その香具山の上が高天の原、すなわち神々がいるところで、そこから季節が変わってゆくと考えられていたのです。「春立つ」は、漢語「立春」の翻訳語であると言われています。

よく考えてみてください。

私たちは、春が「来た」とか、春が「去る」という言い方をしますが、春が「立つ」とは言わないでしょう。

「春が来た　春が来た　どこに来た　山に来た　里に来た　野にも来た」という歌もありますが、春は「来る」もので、「立つ」ものではありません。

ヤマト言葉の「タツ」は、出現する、という意味です。とはいえ「春立つ」とは言わないのですが、漢語に「立春」「立秋」がありますので、その翻訳語として「春立つ」としたのでしょう。

したがってこの歌は、この夕べに霞がたなびいている。春が立ったらしい。つまり、ああ香具山から季節が変わるというが、もう霞が立っているよ、だからもう春がやって来たらしいなあ、という意味になると思います。

春夏秋冬を「行く」「来る」という時間的移動、特定の場にやって来るという空間的移動と捉える考え方があります。

一方、「霧が立つ」と同じく「春立つ」という出現と捉える考え方もあります。日本語で「春立つ」といった場合は、春が出現したということになります。

ところが、この〈季節〉+〈立つ〉は、移動系に比べて優勢ではなく、使用が限られます。

これは、日本語として一応成り立ってはいるが、翻訳語と考えるべきです。これは「立春」「立秋」などの翻訳語であり、暦の知識を前提として成り立つ表現であると考えられます。

一方、「霞」は自然現象であり、暦の知識を持った人が、香具山の霞を見て、もう立春だと確信した瞬間を捉えた表現です。自然現象の早晩と、暦の知識を重ね合わせて歌った歌となります。

同じような歌として、巻一の二八番歌「春過ぎて　夏来たるらし　白たへの　衣干したり　天の香具山」があります。『万葉集』巻十は、春の到来を確信した歌から始まるのです。

木の木暗

巻十の一八七五番歌に、次の歌があります。

春《はる》されば
木《き》の木暗《このくれ》の
夕月夜《ゆふづくよ》
おほつかなしも
山陰《やまかげ》にして
〈一に云ふ、「春《はる》されば
木暗《このくれ》多《おほ》み　夕月夜《ゆふづくよ》」〉

春がやって来ると
木陰の暗闇に
夕月夜は……
ぼんやりとしか見えない
山陰となっていて――
〈一つの書物に云《い》うことには、「春がやって来ると
木々の陰が多くなって　夕月夜は」〉
（巻十の一八七五）

春去者　紀之許能暮之　夕月夜　欝束無裳　山陰尓指天　一云、春去者木隠多暮月夜

「木の木暗」というのは、木の下にできる暗闇のことです。葉が茂ったり、花が咲けば、遠くから見ると照り輝きますが、木の下に入ってしまうと木陰になります。「木暗」は、つまり暗い場所ですね。

「夕月夜」は、夕方出る月のことです。

形容詞「おほつかなし」は、ぼんやりとして、はっきりしないことをいいます。木陰の暗闇から見る夕月夜は、ぼんやりとしか見えない。しかも、その木陰は、山陰にある、というのです。

煌々《こうこう》と照り輝く月の美だけではなく、木陰、山陰から見る、おぼろ月の微《かす》かな光の美をも認めていたことがわかりますね。

輝くものだけが素晴らしい、というのではなく、暗闇にも美があるということを再認識させたのは、谷崎潤一郎の『陰翳礼讃』という本でした。

木の下に入れば、そこは木陰の暗闇となる。しかも「夕月夜」になれば暗くなるわけで、ぼんやりとしか見えません。山陰ならばもっとぼんやりしていることになりま

す。

しかし、そのぼんやりとしか見えない時間が大切であるということを教えてくれています。すべてが明るければいい、ということではありません。私たちは、夕方という時空をもっともっと大切にし、その暮れゆく時空をもっともっと味わいたいものですね。

春雨と浮気の弁明

雨を詠む
春《はる》の雨《あめ》に
ありけるものを
立《た》ち隠《かく》り
妹《いも》が家道《いへぢ》に
この日暮《く》らしつ

春の雨で
あるのにかかわらず……
立往生して
妹の家に行く途中の道で
この日一日を過ごしてしまった――

（巻十の一八七七）

詠雨
春之雨尓　有来物乎　立隠　妹之家道尓　此日晩都

夏の激しい雨、秋、冬の冷たい雨に対して、春の雨は、それほどの困難を伴いません。「春雨だから濡《ぬ》れて行きましょう」などというのも、そのためです。

「立ち隠る」とは、立ち往生して、雨を避けて足止めされている状況をいいます。

「妹が家道」とは、妹、すなわち恋人の家に行き着くまでの道、ということになります。その道で、一日過ごしたというのです。

『万葉集』の多くの注釈書は、妻の家に辿り着けなかった無念さを歌った歌と解釈しています。その解釈でもちろんよいのですが、笑わせ歌として読めば、浮気している女の家に居続けたことを、とぼけて弁明した歌と読むこともできるのではないでしょうか。

春の雨で足止めなんてないでしょう?

ほかの女の家にいたのではありませんか?

というツッコミを期待して作った歌だとも読めます。

実際に、恋人の家に行く途中の道で、まるごと一日を過ごすということは考えにくいことだと思います。つまりこれば、弁明の歌だということになります。「春の雨だったんだけれど、あなたの家にゆく道の途中で、一日中足止めをくらってしまいましたよ」ということは、現実にはないと思うのですが。

こんにち「浮気」というと、よくないことだと考えられていますが、制度として一夫多妻が認められている社会では、男性は複数の妻のもとに通って行くことになります。

ただし、だから古代の女性が嫉妬をしなかった、というのは大嘘です。制度として複数の妻を持つことが認められていても、「最も愛されたい」と思うのが、人の心というものです。

したがって、奈良時代にあっても平安時代にあっても、一夫多妻の社会において、現在でいう浮気に近い感覚は存在していたものと見るべきでしょう。

雨を恋の口実に……

『万葉集』の時代は男性が女性の家に訪ねていくという結婚のかたちをとっていました。先に述べたように、いわゆる妻訪《つまど》い婚です（第一章「ベッドはヒシ」）。デートする日には、男性はその夜のうちに帰ってしまうこともあれば、女性宅に泊まってゆく場合もあります。そのとき、どういう会話が奈良時代のカップルのあいだで交わされたのでしょうか。次の歌は、そんな時の会話をほうふつさせてくれます。

笠《かさ》なみと
人には言ひて
雨《あま》つつみ
留《と》まりし君が
姿《すがた》し思ほゆ

笠がないからと
他人には言って……
雨宿りをして
泊まっていった
君の姿が思われてならない――

（巻十一の二六八四）

笠無登　人尓者言手　雨乍見　留之君我　容儀志所念

この歌を読むたびに、私はこんなことを考えてしまいます。

他人に、「今日はデートで何々さんの家に行くんだ。でもね、早く帰ってくるよ」と言っていました。ところが、恋をし合っている二人にとって、時間はあっという間に過ぎてしまいます。一晩という時間も、一秒や二秒ほどにしか感じられないかもしれません。そして気づくと、はや朝になっていた——。そこで、当然、「早く帰ってくるよ」と言った相手に対しては、ばつの悪い思いをすることになります。

どういう風に説明すればいいだろう……。そこで、「雨だったでしょう？　笠がないので、仕方なくて泊まってきたんですよ、あははは……」と笑いながらごまかしました。

つまり、口実として、「笠がないから泊まったんだよ、愛しいから泊まったわけじゃないんだよ」と、他人には言ったのではないでしょうか。

この歌は、他人にはそんなことを言って泊まってゆきましたね、と回想した歌だと思います。

彼はとても恥ずかしがり屋なのですね。この気持ちが、私にはよくわかります。おそらく、自分が熱愛中であることを、他人に悟られたくないという気持ちが働いたのではないでしょうか。だから、朝まで共に過ごしたと言わなくてはならない時は、何かしらの理由をつけて話したのです。

こういうことは、現代でもあるのではないでしょうか。名歌として取り上げられることなどまったくない歌ですが、奈良時代のカップルの微妙な気持ちが、よく伝わって来る歌です。

万葉時代の住宅事情

家に来て
わが屋を見れば
玉床の
外《ほか》に向きけり
妹が木枕

家に帰って来て
我がつま屋を見ると――
玉床の
あらぬ方向に向いていた
妹の木枕は……

（巻二の二一六）

これは、最愛の妻を失った柿本人麻呂が作った挽歌です。
妻を葬り、家に戻って、わが屋に入ると、そこには妻が使用していた枕が空《むな》しくころがっていたという、最愛の人を失った空虚な心を歌った歌です。
この歌でいう「家」が複数の建物群を指すことは、続く「わが屋」からわかります。

つまり、屋敷地の中には複数の建物が存在し、その一つが愛する妻のいる「わが屋」だったのです。

この歌は長歌に続く、反歌の一つです。長歌には「枕づく妻屋」という表現があり、妻のいる建物は妻屋とも呼ばれたのです。それが、二人の愛の巣だったのです。

最近では、歴史学の側からの反論もありますが、この時代の婚姻形態は、歌を見るかぎり、男が女の家を訪ねるいわゆる「妻訪い婚」です。

訪問をする男にしても、それを待つ女にしても、その建物内に母親などの女側の家族が居ては困るだろう。そのため、男の訪問を受けるための建物が、家の敷地のなかに建てられたことが、想像されるのです。

かつて大抵の農家には、屋敷地内に「はなれ」というものがありました。離れて建っていなければ困る事情があったのです。

仏さんにお花を供える

梅《うめ》の花《はな》
しだり柳《やなぎ》に
折《を》り交《まじ》へ
花《はな》にそなへば
君《きみ》に逢《あ》はむかも

梅の花を
しだれ柳に
折り交ぜて……
花をお供えしたならば
君に逢えるだろうか——

(巻十の一九〇四)

梅花　四垂柳尓　折雑　花尓供養者　君尓相可毛

梅の花を、しだれ柳に折って交えて、ということです。梅だけもよいのだが、それに柳も交えて、という意味が含まれます。

「花にそなへば　君に逢はむかも」の部分の原文は、「花尓供養者」とあります。「供養」は、仏教用語です。

仏陀《ぶつだ》および仏陀の法を継承する僧、その僧の集団に対して、モノやコトを献上することを「供養」といいます。

花を献上すれば「花供養」、明かりを献上すれば「燃灯《ねんとう》供養」、音楽を献上すれば「音楽供養」ということになります。また、香も供え物になります。

梅だけでなく、柳を折り交えて、供花《くげ》すなわち仏さまにお花を献上すれば、あなたに逢えるのだろうか、というのです。

柳のみならず、梅を加えた方が、御利益大だろうと茶目っ気たっぷりに言っているのです。

恋愛成就の祈願の対象は、神だけでなく、仏陀にも及ぶものでありました。お花を供えるときにも一工夫、恋愛成就のためならば、ということでしょうか。

『万葉集』原文の文字遣いに、そういう気持ちを読み取ることができるのです。

皆さんのなかには、梅の花に柳を供えることにびっくりされた方もいるかもしれません。

じつは、柳の芽吹いた葉を愛でるという歌は、『万葉集』に多くみられ、梅との取り合わせの歌もあります。

つまり、梅の花を愛でるように、しだれ柳の葉を愛でるということもあったのです。美しいものをお供えするということで、「花供養」としたのでしょう。

ちなみに仏教においては、僧侶《そうりょ》にものを贈る時、贈る側も素っ気なく、受け取る側も素っ気なくしなくてはならないという決まりごとがありました。

それは、ものを贈るときに、何かの感情表現をすれば、ものを贈るという行為が賄賂に近くなり、汚れたものになってしまうという考え方があるからです。

もらう方のお坊さんも、ニッコリしてはいけないという決まりがありました。ニッコリすると、「またください」「もっとください」というメッセージになってしまいます。

私がこのことに気づいたのは、タイのバンコクを旅行している時のことでした。タイのお坊さんたちは、黄色い法衣《ほうえ》をまとって托鉢《たくはつ》をするのですが、町の人たちはお米などを差し上げる時にニコリともしませんし、もらう方もまったく表情を崩しません。それが本来の仏教における「布施」だったのです。

お坊さんたちは、受け取った布施を入れるための袋を、つねに携帯しています。これがいわゆる頭陀袋《ずだぶくろ》です。僧は、労働をせず、いただいたもので生活する決まりがありましたので、頭陀袋を体の前に掛けている人は、逆に僧だとわかることになります。

春草と夏草

春草《はるくさ》の
繁《しげ》き我《あ》が恋《こひ》
大海《おほうみ》の
辺《へ》に行《ゆ》く波《なみ》の
千重《ちへ》に積《つ》もりぬ

春草の
繁るがごとき我が恋は……
大きな大きな海の
岸に寄せ来る波のごとくに
幾重にも幾重にも積もってしまいました——

（巻十の一九二〇）

春草之　繁吾恋　大海　方往浪之　千重積

枕詞「春草の」は、「繁き」を起こしています。草木の繁茂するイメージを伝える枕詞は、「春草の」もあれば、「夏草の」もあります。ではこの二つは、どのように違うのでしょうか。

「春草の」は、伸びゆくイメージで、どんどんと育って激しくなっていく、ということになります。「夏草の」は、繁茂することが極に達していて、これ以降さらに時間が過ぎると枯れてしまう、しなびてしまうというイメージになります。すると、どちらも繁茂することをイメージしているのですが、「春草の」という枕詞を冠する場合も「夏草の」という枕詞を冠する場合もあったとみていいでしょう。

「大海の　辺に行く波の」は、「千重」を起こす序となっています。波は波動ですが、その波動が堆積《たいせき》してゆくイメージで捉えています。

「千」は多数を表す象徴数です。千もの層を成して、堆積してゆくということになります。繁る草と、千重なす波の、二つの譬喩《ひゆ》を用いた歌ですね。

自分の恋を何に喩えるか。春草に喩えてどんどん草が伸びてゆくように、繁ってゆく恋。しかも、その気持ちはどういう気持ちであるかというと、大きな大きな海の岸に寄せる波のごとくに、幾重にも幾重にも積もってゆく、というイメージを使って表現しているわけです。

恋心の大きさ、重さをどのように言い表すか、これは万葉時代に歌を作る人びとの重要な課題でもありました。

ホトトギスを叱る

うれたきや
醜《しこ》ほととぎす
今《いま》こそば
声《こゑ》の嗄《か》るがに
来《き》鳴《な》きとよめめ

どうしようもない
ダメほととぎすだね……
今こそやって来て
声も嗄れるほどに
声を響かせてほしいのに――

（巻十の一九五一）

慨哉　四去霍公鳥　今社者　音之干蟹　来喧響目

形容詞の「うれたし」は、嘆かわしい、忌々《いまいま》しい、などの不快感と憤りの感情を表す言葉です。「シコ（醜）」は、ダメなもの、醜いものを表す言葉です。

訳文では、遊んで、〈どうしようもない、ダメほととぎす〉と表現してみました。

下二段動詞「カル」は、水がない状態や、乾燥した状態を表します。そこから派生して、植物が枯れる、水が干上がることもいうのです。

本来なら、こんな時にこそやって来て、声を嗄らすほどに鳴いてほしいのに、ということになります。大切な人と逢った夜、友との楽しい夕べ、さらには良き宵で風流を感じたいと思う時に、鳴いてほしいのだけれども、そういう時に決まって、鳴いてくれないものなのです。

したがって、この歌はホトトギスを叱っている歌ということになります。「どうしようもない、駄目ホトトギスだなあ。こんな時ほどやって来て、声も嗄れるほど鳴いてほしいのに、なんで今日鳴かないんだ！　俺は今日、ホトトギスの声を聞きたいのに」という意味となります。

さて、この歌はホトトギスを叱る歌なのですが、これを宴席で披露したとしましょう。宴の主人がこの歌を歌ったとすれば、「今日はあいにく鳴いてくれませんが……、いつもならホトトギスが鳴いて、いい風情なんです。残念ですね。皆さん、申し訳ありません」という歌と読むことができます。

実際にパーティなどでこういう挨拶《あいさつ》をすることはありませんか。桜が満開ならば

「今日は桜の花が満開で、素晴らしい日にパーティができて良かったと思います」と。ところが桜の花が散っていたとしましょう。その時は、「桜の花は散ってしまいましたが、皆さま方には楽しんで帰っていただきたいと思っております」などと。

このように挨拶を、その時々に合わせて変えてゆくこともあるでしょう。この歌は、本来なら私と同じく、ホトトギスも鳴いて、お客さまをおもてなししてほしいのですが――、ということを言外に含んだ表現とも考えられます。それはそのまま、客人を持ち上げる表現ともなります。「皆さま方は大切なお客さまですから、こんな時にこそホトトギスに鳴いてほしかったのですが」と。

『万葉集』の歌を読むことは、その歌が詠まれた場について常に考えてゆく、ということなのです。

おわりに

采女《うねめ》の
袖吹き返す
明日香風
都を遠み
いたづらに吹く

昔、宮中に仕えた女官の
袖を吹き返した
明日香風は
都が遠のいてしまったので
今は空しく吹いている

（巻一の五一）

この歌は、都が明日香から藤原に遷《うつ》ったことを詠んだ志貴皇子《しきのみこ》の歌です。かつての都の賑《にぎ》わいを思い浮べながら、都ではなくなった明日香を思い、空虚な心のうちを吐露した歌です。

この歌は、現在の奈良県橿原市東部の藤原に都が遷ってしまった後の気持ちを、歌った歌です。時は遷り、都は現在の奈良県奈良市に遷ります。この都こそ平城京なのです。この本で取りあげた歌のふるさとは、古代の都でした。

平城京は、約一〇万人の人口を擁する国際都市といわれています。つまり、日本の七世紀と八世紀の都は、明日香、藤原、平城京へと引っ越しを繰り返していたことになります。私たちは、この時代に旅をしていたことになります。

『万葉集』は、奈良時代の後半に編纂《へんさん》された二十巻からなる歌集で、約四五〇〇首の歌が収められています。冒頭に掲げた歌は、『万葉集』に収められている名歌の一つです。

都が遷ったことに対する感慨を、私たちはこの歌から知ることができるのです。それは、紛れもなく千三百年前の日本人の声なのです。

奈良を訪れると、千三百年を超える木造建築物に出逢うことができますが、その折りには『万葉集』のことも思い出してください。

私は『万葉集』を、言葉の文化財と呼んでいます（「序文に代えて『序詩』を」参照）。それは、『万葉集』が、この時代を代表する文学だからです。とりも直さず、それは先祖の声ということになります。

あの木造建築物を造った人びとが、口ずさんでいたかもしれない歌々を、『万葉集』は、現在に伝えているのです。

日本における伝統的な詩は「和歌」と呼ばれています。和歌はいわゆる定型詩で、歌句を区切ることに特徴があります。つまり、和歌の一句は五音節か、七音節で構成しなければならないという原則があるのです。

この五音節と七音節の句を組み合わせて、和歌は作られてきました。例えば、五・七・五・七・七という区切りで作られた和歌は、短歌と呼ばれます。

この歌のかたちは、千四百年の歴史を経て、現在に伝わっています。また、和歌をもっと短くした五・七・五というかたちで作られた詩は、俳句とか川柳と呼ばれるもので、現在、一千万人の愛好者がいるといわれています。

つまり、和歌、俳句、川柳は、国民的文学なのです。

歌の国である日本、その国の歌を学ぶことは、日本を学ぶことにつながると思います。

その土地に住んでいる人が、その土地の素晴らしさを知ることは、幸福につながります。

本書のサブタイトルの「雨はシクシクと降っていた」は、山口仲美先生の『犬は「びよ」と鳴いていた』（光文社新書）をまねしてつけました。山口仲美先生の本へのオマージュです。

もし、この本を読んで、ほんのひとときでも、その幸福感にひたることができたら、筆者はこの上ない幸せと存じます。

二〇二四年　十月　吉日

筆者しるす

参考文献

上野誠　二〇一八年『万葉文化論』ミネルヴァ書房
――　二〇一〇年『万葉びとの奈良』新潮選書
――　二〇一七年『万葉集から古代を読みとく』ちくま新書
――　二〇一九年『入門　万葉集』ちくまプリマー新書
――　二〇二〇年『万葉集講義　最古の歌集の素顔』中公新書
――　二〇一四年『万葉びとの宴』講談社現代新書
――　二〇一二年『はじめて楽しむ万葉集』角川ソフィア文庫
――　二〇一三年『万葉集の心を読む』角川ソフィア文庫
――　二〇一五年『万葉集で親しむ大和ごころ』角川ソフィア文庫
――　佐藤秀明：写真　二〇〇五年『小さな恋の万葉集』小学館
上野誠、鉄野昌弘、村田右富実編　二〇二一年『万葉集の基礎知識』角川選書
上野誠編　二〇二四年『短歌を楽しむ基礎知識』角川選書

小野寛、櫻井満編　一九九六年『上代文学研究事典』おうふう
坂本信幸　二〇二〇年『万葉歌解』塙書房
木下武司　二〇一〇年『万葉植物文化誌』八坂書房
川合康三、富永一登、釜谷武志、和田英信、浅見洋二、緑川英樹訳注　二〇一八年『文選　詩篇（一）』岩波文庫
稲岡耕二　一九九七、二〇〇二、二〇〇六年　和歌文学大系1〜3『萬葉集（一）〜（三）』明治書院
伊藤博　一九九五年『萬葉集釋注一』集英社
小島憲之ほか校注・訳　一九九四〜一九九六年　新編日本古典文学全集6〜9『萬葉集①〜④』小学館
佐竹昭広ほか校注　一九九九〜二〇〇三年　新日本古典文学大系1〜4『萬葉集一〜四』岩波書店
上代語辞典編修委員会編　一九六七年『時代別国語大辞典　上代編』三省堂
室伏信助、小林祥次郎、武田友宏、鈴木真弓　二〇〇二年『日本古典風俗辞典』角川ソフィア文庫
中川幸廣　一九九三年『萬葉集の作品と基層』桜楓社

桜井満　一九八四年『万葉の花　花と生活文化の原点』雄山閣
――　一九九三年『節供の古典　花と生活文化の歴史』雄山閣
リチャード・E・ニスベット（村本由紀子訳）　二〇〇四年『木を見る西洋人　森を見る東洋人』ダイヤモンド社
吉村武彦、吉川真司、川尻秋生編　二〇二四年『古代荘園　奈良時代以前からの歴史を探る』岩波書店
鈴木大拙　二〇一七年『東洋的な見方』角川ソフィア文庫
牧野富太郎　二〇二二年『草木とともに　牧野富太郎自伝』角川ソフィア文庫
養老孟司　二〇二二年『日本人の身体観の歴史』法蔵館文庫
谷知子　二〇一七年『古典のすすめ』角川選書
木村朗子　二〇二二年『女子大で和歌をよむ　うたを自由によむ方法』青土社
渡部泰明編、和歌文学会監修　二〇一四年『和歌のルール』笠間書院
佐竹昭広　二〇〇〇年『萬葉集抜書』岩波現代文庫
沼野充義、松永美穂、阿部公彦、読売新聞文化部編　二〇二三年『文庫で読む１００年の文学』中公文庫
読売新聞文化部編　二〇二一年『史書を旅する』中央公論新社

上野　誠（うえの・まこと）

1960年、福岡県朝倉市生まれ。國學院大學文学部教授（特別専任）。奈良大学名誉教授。万葉文化論専攻。國學院大學大学院文学研究科博士課程後期単位取得満期退学。博士（文学）。著書に『古代日本の文芸空間 万葉挽歌と葬送儀礼』（雄山閣出版）、『芸能伝承の民俗誌的研究 カタとココロを伝えるくふう』（世界思想社）、『万葉挽歌のこころ 夢と死の古代学』（角川選書）、『折口信夫的思考 越境する民俗学者』（青土社）、『万葉文化論』（ミネルヴァ書房）、編著に『万葉集の基礎知識』『万葉考古学』『短歌を楽しむ基礎知識』（角川選書）など多数。

角川選書 1204

感《かん》じる万葉集《まんようしゅう》　雨《あめ》はシクシクと降《ふ》っていた
角川選書《かどかわせんしょ》ビギナーズ

令和６年11月27日　初版発行

著　者／上野《うえの》 誠《まこと》

発行者／山下直久

発　行／株式会社KADOKAWA
〒102-8177　東京都千代田区富士見2-13-3
電話 0570-002-301（ナビダイヤル）

印刷所／株式会社KADOKAWA

製本所／株式会社KADOKAWA

カバー・帯・本文デザイン／小川恵子（瀬戸内デザイン）
カバーイラスト／風間勇人

●お問い合わせ
https://www.kadokawa.co.jp/（「お問い合わせ」へお進みください）
※内容によっては、お答えできない場合があります。
※サポートは日本国内のみとさせていただきます。
※Japanese text only

定価はカバーに表示してあります。

ISBN 978-4-04-703729-8　C0392

◆◇◇

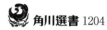

この書物を愛する人たちに

詩人科学者寺田寅彦は、銀座通りに林立する高層建築をたとえて「銀座アルプス」と呼んだ。
戦後日本の経済力は、どの都市にも「銀座アルプス」を造成した。
アルプスのなかに書店を求めて、立ち寄ると、高山植物が美しく花ひらくように、
書物が飾られている。

印刷技術の発達もあって、書物は美しく化粧され、通りすがりの人々の眼をひきつけている。
しかし、流行を追っての刊行物は、どれも類型的で、個性がない。
歴史という時間の厚みのなかで、流動する時代のすがたや、不易な生命をみつめてきた先輩たちの発言がある。
また静かに明日を語ろうとする現代人の科白がある。これらも、
銀座アルプスのお花畑のなかでは、雑草のようにまぎれ、人知れず開花するしかないのだろうか。
マス・セールの呼び声で、多量に売り出される書物群のなかにあって、
選ばれた時代の英知の書は、ささやかな「座」を占めることは不可能なのだろうか。
マス・セールの時勢に逆行する少数な刊行物であっても、この書物は耳を傾ける人々には、
飽くことなく語りつづけてくれるだろう。私はそういう書物をつぎつぎと発刊したい。
真に書物を愛する読者や、書店の人々の手で、こうした書物はどのように成育し、開花することだろうか。
私のひそかな祈りである。「一粒の麦もし死なずば」という言葉のように、
こうした書物を、銀座アルプスのお花畑のなかで、一雑草であらしめたくない。

一九六八年九月一日

角川源義